十八歳の別れ

キャロル・モーティマー 作

山本翔子 訳

ハーレクイン・ロマンス

東京・ロンドン・トロント・パリ・ニューヨーク・アテネ・アムステルダム
ハンブルク・ストックホルム・ミラノ・シドニー・マドリッド・ワルシャワ
ブダペスト・リオデジャネイロ・ルクセンブルク・フリブール・ムンバイ

YESTERDAY'S SCARS

by Carole Mortimer

Published by Harlequin K.K., Tokyo, 2014

キャロル・モーティマー

ハーレクイン・シリーズでもっとも愛され、人気のある作家の1人。3人兄妹の末っ子としてベッドフォードシャーの小村で育つ。14歳の頃からロマンス小説に傾倒し、アン・メイザーに感銘を受けて作家になることを決意。コンピューター関連の仕事の合間に小説を書くようになり、1978年、みごとデビューを果たした。物語を作るときにいちばん楽しいのは、ヒロインとヒーローの性格を考えるとき。書いているうちに徐々に主導権が移り、いつのまにか彼らが物語を語りはじめるのだという。

主要登場人物

ヘイゼル・スタンフォード……医師の元秘書。
リンダ……ヘイゼルの友人。
ジョナサン・リチャードソン……ヘイゼルの元上司。医師。
ジョシュ・リチャードソン……ジョナサンの息子。
トリーシャ・マーストン……ヘイゼルの親友。
シルヴィア・マーストン……トリーシャの母親。
マーク・ローガン……トリーシャのボーイフレンド。
カール・ローガン……マークの兄。
レイフ・サヴェッジ……コーンウォールの大地主。
シーリア……レイフの妹。
ジャニーン・クラーク……レイフの友人。
デイヴィッド・バイン……レイフの友人。医師。
サラ……レイフの屋敷の家政婦兼コック。
ジェームズ……レイフの運転手。サラの夫。

1

「なんだかすごく謎めいてると思わない？」リンダが興奮した口調で言った。「わくわくするわ」

ヘイゼルは力いっぱいスーツケースのふたを閉めた。きちんとたたんで収めたばかりの衣類がくしゃくしゃになったに違いない。「謎めいてなんかいないし、わくわくもしない。ただ家に帰れと命令されただけのことよ」

「それはそうだけど、でも、その家がすごいじゃない！　前に写真を見せてくれたでしょう。まるで夢みたいなお屋敷」リンダは、この三年ヘイゼルが暮らしてきた二部屋だけの住まいを見まわした。「あんなすてきなお屋敷を離れるなんて、わたしなら絶対にいやだわ」

「そのお屋敷の所有者がレイフなら、あなたもきっと離れたくなるわよ」

リンダの目に、さらに夢見るような表情が浮かんだ。「レイフ・サヴェッジ！　名前さえもロマンチックだわ。そんな人が後見人だなんて、あなたはほんとうに幸運よ！」

「後見人じゃないわ！　わたしはもうすぐ二十一歳になるんだもの。もう子供じゃない。まるで小学生を相手にするみたいに、わたしに家に帰れと命令する権利なんか、あの人にはないのに！」

「じゃ、帰らなければいいじゃない」

レイフという男の人となりを知っていれば、リンダもそんな言葉は口にしないはずだ。レイフがひとたび何か命令を下せば、誰もが――もちろんヘイゼルも――すぐさまそれに従うほかないのだ。「帰らなくてはならないのよ。三年たったら戻るという条件つきで、アメリカに来るのを許してもらったの。二十一歳の誕生日が期限なのよ」

「ほんとうに故郷に帰りたくないの？　あんなにすてきな家があるのに。あなたの親戚のレイフって、地方の大地主か何かなんでしょう？」

ヘイゼルの脳裏に、レイフの傲慢な態度と、コーンウォールの人々が彼に向ける尊敬と忠誠に満ちた態度が浮かんだ。「ええ。まあ、そんなところね」

「あなたは家族のことをほとんど話してくれなかったけど、あなたの育ちがわたしたちとは全然違うってことは、みんなわかっていたわ。イギリス風の発音はべつにしてもね」リンダは椅子の背に寄りかかった。「あなたはどうしてアメリカに来たの？」

ヘイゼルは肩をすくめた。「サヴェッジ館から離れたかったの。サヴェッジ家の影響力のおよばない場所で暮らしたかったの。すてきな三年間だったわ。ジョナサンのところで働くのは楽しかった。みんなも親切にしてくれて、わたしはほんとうにここが大好きだったの。だから、帰りたくない」最後は哀れっぽい声が出てしまった。

リンダが笑った。「帰りたくないのは、ジョナサンの息子のジョシュのせいじゃないの？」

「それは……」ヘイゼルの頬が赤く染まった。「彼のことはまだあまりよく知らないの。ジョナサンが紹介してくれたのは、つい最近だから」

「深いつきあいになる前にイギリスに帰ることになって、よかったかもよ。わたしはあの男が好きじゃないの。彼が、ときにはすごく魅力的にふるまうのはよくわかってる。でも、サンドラを残酷に裏切ったことはどうしても許せないの。婚約までしていたのに」

「ええ、彼から聞いたわ」

「どうせ、自分に都合のいいように話したんでしょう」リンダは腕時計に目をやった。「そろそろ空港に行かないと遅れるわ」

「あなたはほんとうにジョシュが嫌いなのね」

今度はリンダが肩をすくめた。「わたしはあなたより長くジョナサンのところで看護師として働いてきたから、それだけジョシュのこともよく知っているの。彼がこの二年ヨーロッパに行っていなければ、あなたももっと彼のことがわかったでしょうよ。あなたが送別会で会った魅力的な男性は、ほんとうの彼じゃないの。でも、彼のことはこれ以上話したくないわ。あなたはいい思い出だけを持って国に帰ればいいの。そして、わたしの言ったことは忘れてちょうだい」

空港で慌ただしくリンダに別れを告げると、ヘイゼルの頭のなかは故郷のことでいっぱいになった。三年間という長い不在。人が変わるには充分な時間だ。ヘイゼル自身もずいぶん変わった。少なくとも、変わったつもりだった。そうでなければ、この三年間はまったくのむだだったということになる。

アメリカに着いたときは、いまとはずいぶん違っていた。あのときはレイフが一緒に来て、ヘイゼルが無事に落ち着くのを見とどけてからコーンウォールに戻っていった。彼が支配する広大な土地へ。家長として、彼は一族のすべての者の上に君臨していた。彼に抵抗するのはヘイゼルだけだった。彼女はしょっちゅうレイフの怒りに火をつけ、ふたりは何度もぶつかりあった。

その点については、今後もおそらく変わらないだろう。それも、ヘイゼルがアメリカに来ることを望んだ理由のひとつだった。意外にも、レイフは反対しなかった。それどころかあちこちに問いあわせてヘイゼルの仕事を見つけ、しかも彼女と一緒にアメリカに来て、彼女が楽しく暮らせそうだと見きわめるまで数日間滞在したのだ。

その後一度も彼と顔を合わせることなく、平和な三年がすぎた。レイフは変わっただろうか？　ヘイゼルは長身のレイフの姿を思い浮かべた。浅黒い肌と黒い髪はスペインから来た先祖の血のせいだ。

親戚といっても、正確にはレイフとヘイゼルのあいだに血のつながりはない。ヘイゼルが二歳のとき、父親がレイフの従姉《いとこ》と結婚したのだ。レイフについてのいちばん古い記憶は、ヘイゼルが五歳のときのことだった。レイフはすでに二十三歳のおとなだった。転んで擦り傷を作ったヘイゼルは泣きながら父親を捜していた。すると、レイフが笑い、もう大きいのだから擦り傷ぐらいで泣くなと言ったのだ。

アメリカでの自由な時間は終わり、いまヘイゼルはサヴェッジ館に戻らなくてはならない。海を見おろす崖の上に立つ大きな屋敷。レイフとの再会を思うと、ヘイゼルはひどく落ち着かない気分に襲われた。飛行機が着陸するころには、顔が青ざめるほど緊張が大きくなっていた。

二日前に到着日を知らせる電報を打ったが、返事はなく、迎えの者が来ているかどうかもわからない。来てくれていることを、ヘイゼルは願った。ひとりでサヴェッジ館に行くのは気が進まない。館の周囲は部外者立ち入り禁止になっていて、レイフの許可のない者は門で止められてしまう。もし止められたら、あまりにも惨めすぎる。そしてレイフは、その惨めなヘイゼルの姿を眺めて楽しむだろう。

だが、どうやらそれは考えすぎだったらしく、空港のラウンジではジェームズが彼女を待っていた。ヘイゼルの記憶にあるかぎりずっとサヴェッジ家の運転手をしてきた優しいジェームズ。彼の妻のサラはコックと家政婦を兼ねている。

ヘイゼルはジェームズに抱きついた。感情が高ぶり、涙があふれそうになる。「ジェームズ、会えてうれしいわ！」

「ヘイゼルお嬢様、見違えてしまいましたよ。すっかりおとなになられて」

ヘイゼルは笑った。「褒められたと思っておくわ、ジェームズ。レイフは一緒じゃないのね？」

中年の男は顔を曇らせた。「以前なら、ご自分でお迎えにいらっしゃったでしょう。ですが、お怪我《けが》をなさって以来、あまり外出なさらないんですよ。でも、お嬢様がお帰りになったので、これからはすっかり変わるでしょう。旦那様はお嬢様がいないのでずっと寂しがっていらっしゃいましたから」

それはありえない、と思ったが、ヘイゼルは口には出さなかった。「レイフが怪我をしたの？　どうして？」

ジェームズがベンツのトランクにスーツケースを収めた。そのベンツは家族が使用する車のなかの一台で、レイフ自身が地所を回るときはもっと頑丈なレンジローバーに乗ることが多い。

「もちろん、あの事故のせいですよ、お嬢様。旦那様はけっしてお認めになりませんが、ずいぶんひどい痛みがあるのは、お目を見ればわかります」

ヘイゼルは顔をしかめた。「なんの話かわからないわ。レイフが事故に遭ったの？」

ジェームズはヘイゼルのために車のドアを開けた。

「シーリア様から電報をお受けとりになりませんでしたか？」

「知らないわ。何があったのか話して！」

ジェームズがため息をついた。「旦那様は大型ボートにお乗りになっていたんです。ガソリンタンクにひびが入っていたことに誰も気づかなくて、マッチを擦ったとたんに爆発したんです。旦那様は葉巻が大好きですから。幸い命に別状はありませんでしたが、お顔の左半分にひどい火傷《やけど》を負われたのと、左の腰骨が砕けた後遺症でいまもときどきひどく足を引きずっていらっしゃいます」

ヘイゼルの顔から血の気が引いた。レイフが火傷を負い、体が不自由になっていたなんて！　考えるだけでも耐えられない気がした。彼とはしょっちゅう言い争いばかりしていたが、レイフが魅力的な男性であることは否定できない事実だった――少なくとも、以前のレイフはそうだった。ヘイゼルは吐き気をおぼえた。「いつ……それはいつのこと？」

「一年ほど前です」

「一年も前？　でも……でも、わたしにはなんの連絡もなかったわ！」

ジェームズが運転席に座った。「それは変ですね。容態がひどくお悪かったとき、旦那様はヘイゼルお嬢様を呼ばれたんですよ。それで、シーリア様があなたに知らせるとお約束なさっていたのに。きっとシーリア様は、ヘイゼルお嬢様にご心配をおかけしてはいけないと思いなおしたんでしょう」

「ええ、そうね」ヘイゼルはうわべだけの相槌《あいづち》を打った。

シーリア！　レイフの妹。まさに楽園の蛇とも言えるような人物。嘲笑と悪意に満ちた青い目と長くつややかな黒髪、みごとに均整のとれた小柄な体。シーリアはいかにもサヴェッジ家の女らしい傲慢な態度で家政をとりしきっている。彼女はわざとレイフの事故のことをヘイゼルに知らせなかったのだ。ヘイゼルはそう確信した。

ふたりのあいだには親密さなど一度も存在したことがなかった。シーリアは二十歳で結婚したのだが、わずか二年で夫を交通事故で亡くし、兄と母親のいる実家に戻ってきた。そして、ただひとりヘイゼルをかわいがってくれたミセス・サヴェッジが四年前に亡くなると、シーリアが家政を引きついだ。

だが、まさかこんな重大なことを知らせないほどひどいまねをするとは、ヘイゼルも予想していなかった。

レイフより十二歳年下で、いま二十七歳のシーリアは外見はほんとうに美しい女性で、再婚しないのが不思議なほどだった。だが、考えてみれば、サヴェッジ家を思うままに切りまわせる立場にいるのだから、再婚する必要性も感じないのだろう。

両親を亡くしたヘイゼルをレイフが引きとったとき、シーリアはひどく憤慨した。そして、誰彼となくつかまえては、ヘイゼルは本来サヴェッジ家の人間ではないと声高に言いつのった。たしかにそのとおりだと、ヘイゼルもわかっていた。だが、わずか十歳の娘がどこに行けただろう？

「ええ、きっとそうね」ヘイゼルはさっきよりも熱をこめて、もう一度ジェームズの言葉に相槌を打った。「とにかく、早く帰りたいわ」不思議なことに、いまヘイゼルはほんとうにそう感じていた。事故の話を聞いてからというもの、ヘイゼルはレイフのことしか考えられなくなっていた。あんなに男らしくて魅力的な人だったのに、怪我のせいで彼はいったいどんな風に変わってしまったのだろう。

屋敷に着くと、ヘイゼルは早くレイフに会いたくて、荷物をジェームズに任せ、家のなかに駆けこんだ。そこへ、まるで偶然のように、シーリアが居間から玄関ホールへと出てきた。いつものように、美しくも冷然とした態度で。

「レイフはどこ？」

シーリアが皮肉な笑みを浮かべた。「あら、こんにちは、ヘイゼル。おかげ様で、わたしは元気よ」

「あ……ああ、そうね」ヘイゼルの頬が赤くなった。

「レイフはどこなの？」

シーリアの舌先が、濃くルージュを塗った唇をゆっくりと動いた。「そうね、兄さんは家であなたの帰りを待つ必要はないと判断したみたい。いつもと同じように土地の見まわりに出ているわ」

「そう」意に反して、ヘイゼルは落胆を隠すことができなかった。サヴェッジ館は何も変わっていない。

いまもシーリアはヘイゼルを嫌い、レイフは無関心なままだ。憎悪と無関心——耐えがたいのはどちらだろう？

「いつもの部屋を用意してあるから、滞在中はそこを使うといいわ。わたしはこれから出かけるから、好きなようにすごしてちょうだい。ただ、レイフの邪魔だけはしないでね」

立ち去ろうとしたシーリアを、ヘイゼルは呼びとめた。「なぜレイフの事故のことを知らせてくれなかったの？」

「何を知らせればよかったの？　兄さんの体が不自由になったと？　もうあなたがあこがれていたころのような兄さんじゃなくなったと？」シーリアの言葉は残酷だった。「兄さんはあなたにつきまとわれたくなかったのよ。あなたは、この屋敷では必要とされていないのよ、ヘイゼル」

三年たっても、シーリアの言葉の辛辣さは少しも変わっていなかった。「わたしの部屋に行くわ」ヘイゼルはこわばった声で言った。

「あそこはあなたの部屋ではなくて、ゲストルームよ」シーリアの鋭い声が飛んだ。

ヘイゼルはごくりと唾をのみこんだ。「そうね」

ヘイゼルはのろのろと階段を上がった。シーリアの憎悪は三年前よりも増しているようだった。だが、ヘイゼルをさらに傷つけたのは、シーリアの言葉ではなく、三年ぶりの帰郷を迎えてもくれないレイフの冷淡さのほうだった。

窓からの眺めはすばらしかった。海が広がり、海岸線に波が打ちよせる。左手には、高い緑の木々がそびえる森。十四歳のとき、ヘイゼルはその森のなかに不格好な丸太小屋を造った。もちろんレイフが手伝ってくれたのだが、その小屋は彼女がひとりきりになれる場所だった。夏には、ずいぶん長い時間をその小屋ですごした。トレイセンの村には、サヴエッジ家をふくめても五十家族ほどしか住んでいない。それぞれの家が土地を持っているが、村の中心は、高い崖の上にそびえ立ってあたりを睥睨《へいげい》するサヴェッジ館だった。

ヘイゼルはここの夏が好きだった。彼女は金髪だが、肌はもともとオリーブ色で、夏のあいだは日焼けして明るい小麦色になる。金髪なのにオリーブ色の肌と焦げ茶色の目という、不思議な組み合わせだった。それがどんな遺伝子によるものなのかは、誰にもわかっていない。

金髪は母から譲り受けたものだが、ヘイゼルは生きている母に会ったことは一度もない。長く待ち望んだ子供を産むために、母は自分の命を犠牲にした。でも、父も産みの母も色白で青い目をしていたのだから、ヘイゼルの肌と目の色はきっと遠い先祖の血のせいなのだろう。

荷物を持ったジェームズと一緒に、彼の妻のサラが部屋に入ってきた。ヘイゼルは立ちあがってサラを抱きしめた。「ただいま、サラ」腕を放すと、ヘイゼルはちゃめっけたっぷりに言った。「ますます丸くなったみたいね！」

コック兼家政婦は笑った。「お嬢様はますますお痩せになりましたね！」対照的な体形は、いつもふたりのジョークの種になっていた。

丸々と太ったコックのサラに対し、ヘイゼルはいまにもふっと消えてしまいそうなほど華奢《きゃしゃ》だった。そして、たしかにこの三年でヘイゼルはさらに痩せていた。医師の秘書ということで、給料はかなり高いほうだったのだが、生活費も同じように高かった。レイフは毎月仕送りをすると言い張ったが、ヘイゼルはそのお金は絶対に使わないと決めていた。世間一般の働く娘たちと同じように生活したかったのだ。たとえそれが、月のほとんどはお金のない状態ですごすことを意味するとしても。

実際、食費も充分とは言えない生活だった。でも、ヘイゼルにとっては、自分も社会の一員だと実感し、欲しいものはなんでも買ってくれる大金持ちの後見人がいることを忘れてすごすことのできた時間だった。とはいえ、以前からヘイゼルはレイフに何かをねだったことなどなかった。シーリアの不当な嫉妬心を必要以上にあおりたくなかったのだ。

レイフが屋敷でヘイゼルを待っていないのは、ひどく妙な気がした。ジェームズを空港まで来させたのだから、彼女の到着時刻を知っていたのは確かだ。なのに、レイフ自身は地所の見まわりに出たの？ヘイゼルの到着を待って、おかえりと声をかけるぐらいはできたはずだ。自分でも認めたくないほど深く、ヘイゼルはレイフの不在に傷ついていた。

シャワーを浴び、アメリカから持ってきた薄いコットンのワンピースに着替える。コーンウォールにおいてあった服は、三年のあいだにすっかり痩せてしまったせいで、どれも体に合わなくなっていた。

ヘイゼルが選んだのは、オリーブ色の肌と金髪を引き立たせる真っ白いワンピースだった。そして、素足に白いロープサンダルをはいた。

つやが出るまで梳《と》かした髪を白いリボンでポニーテールにしたので、あらわになった長い首筋をそよ風が撫《な》でていく。

ヘイゼルは一階に下り、まばゆい日差しのなかに出た。丸太小屋に行ってみるつもりだった。思い出があまりきつく胸を締めつけなければいいのだけれど。

海岸に通じる岩場の道は険しく、危険だった。その道を、ヘイゼルはしなやかな動きで足早に駆けおりた。いつもレイフに、屋敷の裏手から続く安全な道を通るようにと言われていたが、いまは彼はいないし、このほうが近道なのだ。

あらためてヘイゼルは、自分がこの場所を心から愛していることに気づいた。この海も砂浜も日の光も。裸足《はだし》になって温かな砂に足をうずめ、柔らかな感触を楽しむ。波打ち際を歩いていると、ひとりなのにひとりではないような感覚をおぼえた。この天国のような美しい景色――それだけが、ヘイゼルの望む唯一の話し相手だった。

ふと、水着を持ってくればよかったと思う。この美しさをただ眺めることしかできないなんて残念だ。以前ヘイゼルはよくここでひとりで泳いだものだったが、波が荒くて危険なので、それもまたレイフには禁止されていた。だから、泳ぐのは、レイフが仕事で留守にするときに決まっていた。今日は彼がいつ姿を現すかわからないので、どちらにしろ泳ぐわけにはいかない。

丸太小屋はずいぶん古びていた。内部もきっと荒れてしまっているだろう。

ヘイゼルはおそるおそるドアの取っ手を回した。盗まれるものなど何もないので、鍵はついていない。ひと部屋だけの小屋のなかには、ベッドと藺草《いぐさ》のラグ数枚と簡単な調理器具がおかれていた。ときどきレイフの許しを得て二、三日ここですごしたときには、ヘイゼルが自分で食事を作ったのだ。

荒れていると覚悟していたのに、室内は驚くほどもとのままだった。何ひとつ変わらず、何ひとつ壊れてもいない。きっと周囲の木々が守ってくれたのだろう。そうとしか考えられない。

ベッドわきの古びたテーブルの上に、レイフとヘイゼルの写真があった。幸せだったころの写真。ヘイゼルはそれを手にしてベッドに座った。彼女が初めてテニスでレイフに勝ったとき、記念に撮った写真だ。

レイフがヘイゼルの肩に手を回し、彼女はほほえむレイフを見あげて幸せそうに笑っている。このとき、ヘイゼルは十四歳。ふたりで楽しくすごす時間は、このあとまもなく終わりを告げた。

ため息をついて、写真をテーブルに戻す。一刻も早くここから逃げだしたい気分になっていた。いずれまたここはヘイゼルの避難場所になるだろう。でも、いまはここから出たくてたまらなかった。

そろそろ学校が終わる時間だ。いま小学校では、親友のトリーシャがこの地域に住む六十人の子供の半分を教えている。彼女が大学に入るために村を出たのは、ヘイゼルがここを去る二年前だった。

この村で生まれ育ったトリーシャは、数カ月前、教師の欠員ができると村に戻ってきた。いまごろはきっと学校で明日の授業の準備をしているだろう。

サヴェッジ館から一キロ半ほどのところにある小学校に通っているのは、五歳から九歳までの子供たちだ。その後は十六キロ離れた町のもっと大きな学校に通うことになるが、たいていは全寮制の学校に送りこまれる。そして、この辺鄙《へんぴ》な地に帰ってくる者はさほど多くない。

このあたりには働き場所もあまりないし、娯楽も少ない。小さなカントリークラブにはひととおりのスポーツ施設があり、土曜日ごとにダンスも催されるが、都会の洗練された娯楽とは比べものにならない。だからこのあたりの人口はずっと三百人から四百人のあいだで推移し、それがレイフは気に入っている。

また、レイフだ！　ほかのことを考えはじめても、最後にはかならずあの傲慢な後見人に結びついてしまう。父の遺言によって、ヘイゼルが二十一歳になるまではレイフが後見人を務めることになっている。だが、あと一週間ほどで彼女は二十一歳になり、自分以外の誰にも命令されなくてすむようになる。

思ったとおり、トリーシャは教卓で生徒の練習帳に成績をつけていた。友人を驚かせようと、ヘイゼルは足音を忍ばせて教室に入った。帰国があまりにも急に決まったので、まだトリーシャには知らせていなかった。

「久しぶり！」ヘイゼルは明るく声をかけた。

驚いて顔を上げたトリーシャは、ヘイゼルに気づくとペンを放りだして駆けより、抱きついた。「ヘイゼル！」体を離したとき、トリーシャの青い目は興奮に輝いていた。「いつ帰ってきたの？」

「ついさっき」ヘイゼルの顔に温かなほほえみが浮かんだ。「ほんとうよ。シャワーを浴びて着替えて、すぐここに来たの」丸太小屋のことは言いたくなかった。

「うれしいわ」友人は笑った。「ああ、どんなにあなたに会いたかったか！」

「わたしも。手紙もとてもうれしかった。あなたが試験を通るたびに、どんなに大喜びしたか。自分が通っていた小学校で教えるのって、どんな感じ？」

「初めはちょっと変な感じだったわ。でも、いまはすごく楽しんでる」トリーシャは熱をこめて言った。「ほら、教育委員会がここを廃校にしようとしてるって知らせたでしょう？　でも、レイフがすごく頑張って、せめてあと一、二年だけでも廃校にしないようにって説得してくれたの」

「すごいわね」

教育委員会は資金の無駄遣いと見なして、小さな学校を廃校にしようとしている。だが、レイフは、子供はできるだけ長く生まれた場所ですごすべきだと考えている。いずれきっと彼は、廃校案そのものを永久に撤回させてしまうに違いない。

「そうなの」トリーシャは練習帳を片づけはじめた。「レイフはすごく力になってくれるわ」

「シーリアも？」

トリーシャの顔が曇った。「シーリアは……ああいう人だもの」そう言って、彼女は肩をすくめた。

「ごめんなさい。フェアじゃなかったわね。いまシーリアに会ったばかりだったから、つい……」

「わかるわ。それはそうと、レイフはたいへんだったわね」トリーシャがさっと話題を変えた。この地域では、レイフの被後見人であるヘイゼルに対して、妹のシーリアがひどく敵意を持っていることは有名だった。「彼に会って、びっくりしたでしょう」

「ええ」ヘイゼルはかすれた声で同意した。まだ会っていないと告白したくはなかった。

トリーシャが体を震わせた。「この村に戻ってきて初めて彼に会ったときのこと、いまも忘れられないわ。あの顔！　初めは、ハンサムな顔がだいなしだと思ったの。でも、このごろ火傷の跡が少し薄れてきたら、なんだかさらに魅力が増したような気がするのよ。もともと魅力的な人だったけど――いまは、それがさらに増したって感じ！」

顔の火傷の跡と不自由な体が男性としての魅力を増幅させるという意味が、ヘイゼルにはよくわからなかったが、あえて問い返しはしなかった。まだ彼に会っていないこと、そもそも今日まで彼の怪我について知らずにいたことを口にしたくなかったからだ。

なぜシーリアがこんなに重大なことを知らせてくれなかったのか、いまもヘイゼルにはわからなかった。悪くすれば、レイフが死んでいたかもしれないのに。

「どんなにひどい怪我かわかっていれば、帰ってきたのに」

「帰ってこなくて、逆によかったと思うわ。母が言ってたけど、レイフが床についているあいだ、シーリアはいかにも女主人然として、館や地所で働く人たちに命令を下していたらしいの。レイフが快復するころには、半分ぐらいの人たちがもう仕事なんかしないと言いだしていたみたい」

「誰かレイフに言わなかったの？」

トリーシャは黒板を消しはじめた。「むりよ。シーリアがガードして、レイフを誰にも会わせなかったんだもの」

「そして、ぼくはみんなに見捨てられたと思っていた」低くゆったりした声がした。

ヘイゼルの背後に目をやって、トリーシャが困惑に顔を赤くした。「レイフ！」

「そう、ぼくだ。きみがここにいるんじゃないかと思って来てみたんだよ、ヘイゼル」ヘイゼルのこわばった背中に向かって、レイフは言った。「こっちを向いて、ただいまの挨拶をしたらどうだ？」

彼の声を耳にしたとたん、ヘイゼルの体は緊張にこわばっていた。すぐ後ろにレイフが立っている。魅力的で傲慢なレイフ。ヘイゼルは動けなかった。足が凍りついたように、少しも動かない！

さまざまなできごとの記憶がまだ鮮やかに残っているいま、どうして彼の顔が見られるだろう。

だが、顔を合わせないわけにはいかない。彼を怖がってなどいないことを、レイフに、そしてヘイゼル自身にも証明してみせなくてはならない。三年も会わずにいたのだから、いまの彼はヘイゼルにとってまったく知らない人物も同然だった。といっても、以前だって、ヘイゼルが彼を理解できたことなどなかった。ヘイゼルの幼い心では彼の奥深さは理解できず、また彼女のあまりにも無垢《むく》なままの魂にとって、レイフという男性は刺激的すぎた。だが、三年という長い月日のあいだに、ヘイゼルもすっかりおとなになった。

だからこそ、ちゃんと彼と向きあわなくてはならない。向きあうことができると、自分自身に証明しなくてはならない。

2

肩をこわばらせて、ヘイゼルはゆっくりふりむいた。真っ先に彼女の視線がとらえたのは、火傷《やけど》の跡が残っているのに青い目が妙にきわだって見える顔だった。整った浅黒い顔の左半分に、こめかみから顎まで深い火傷の跡が走っている。それは顎からさらに首筋へと続き、紺色のスウェットシャツの襟首あたりでやっと薄くなっていた。

火傷の跡がレイフに放埒《ほうらつ》な印象を与え、トリーシャの言ったとおり、彼はさらに魅力的な男性になっていた。容易に手に入れられそうにない男に、女は惹《ひ》きつけられるものなのだ。

ヘイゼルの記憶よりも、いまのレイフは少し痩せ、濃い黒髪は襟もとにかかるほど長くのびていたが、それが彼の傲慢な態度によく似合っていた。嘲笑と軽蔑を浮かべた青い目は変わらないが、口もとのシニカルなほほえみはいっそう冷ややかになったような気がする。

彼の挑戦的な視線の前で、ヘイゼルの全身がさらにこわばった。でも、いまのヘイゼルは、アメリカに行く前の何も知らない未熟な娘ではない。

「ただいま、レイフ」ヘイゼルはおとなしく挨拶の言葉を口にした。新たに身につけた自信を彼に見せつけるのは、あとでもできる。

「三年も留守にしていたにしては、あまり愛情のこもった挨拶とはいえないな。もう少しましな挨拶はできないのか、ヘイゼル？」

「何をお望み？」一瞬冷静さを忘れて、ヘイゼルは言い返した。「あなたの足もとにひれふすとか？」

レイフが笑い声をあげた。意志に反して、ヘイゼルはルの心がその笑い声に惹きつけられていく。「相変わらずの跳ねっ返りぶりだな」柔らかな声でそう言うと、彼はジャングルの獣のようにしなやかな動きでヘイゼルに近づいた。

ヘイゼルの真ん前に立つと、レイフは考えこむように目を細くして彼女を見おろした。顔の左側の火傷の跡がはっきりと見える。「ぼくたちの関係を考えれば、キスをするのがいいのではないかな」

彼の体の温かさが伝わってきてめまいをおぼえ、日々の労働のあとの男らしいにおいと両切り葉巻の香りに溺れそうになって、ヘイゼルは必死に彼から身を離した。何も変わっていない！　いまもレイフはヘイゼルの体にざわめきを与え、何もかも忘れて彼に身をまかせたい思いをかきたてる。

この三年間で、レイフに対する子供っぽい情熱は消すことができたと思っていた。でも、少しも消えてはいなかった！　自信と傲慢さ、そして男らしさに満ちたレイフを目の前にしたとき、ヘイゼルは三年前と何も変わっていないことを思い知った。ただひとつ、レイフが少しだけ彼女から距離をおこうとしているように見えることをのぞけば。

「わたしたちはそんな関係じゃないわ」ヘイゼルはきっぱりと言いきった。

ふたりとも、トリーシャの存在をすっかり忘れていた。トリーシャは、自分がここにいないほうがいいと判断してそっと教室を出た。

レイフがうなずいた。「そうかもしれない」彼はすっと傷跡を撫《な》でてきいた。「醜いだろう」

それは質問ではなく、断言しているように聞こえ、ヘイゼルの目が陰った。「あなたって、そんなに自己憐憫《れんびん》でいっぱいの人だったかしら」

彼の顔に冷笑が浮かんだ。「ぼくに向かって、心理学者みたいな言い方をするのはやめろ。そういうたわごとは、ほんとうに必要な人間のためにとっておくんだな。毎朝髭《ひげ》を剃《そ》りながら、鏡のなかに怪物を見るのはもう慣れた」

ヘイゼルは視線を下に向けた。「足も引きずっているると聞いたわ」

「そうさ、疲れたときには。あとは背中にこぶさえあれば、『ノートルダム・ド・パリ』のカジモドそのものだ」

「ばかばかしい！　あなたはちっとも醜くなんかないわ」それどころか、醜さとはほど遠い！

「言っただろう。そんなたわごとは、必要な人間のために――いや、それを信じる人間のためにとっておくんだな。ぼくには必要ない。さてと、ぼくのことはもういい。ほかの話をしよう。今回はどれぐらい滞在する予定だ？」

ヘイゼルはふいに乾いた唇を舌で湿した。「それはあなたしだいじゃないかしら？」

レイフはたくましい肩をすくめた。「決めるのはぼくじゃない」そして、彼は周囲を見まわして顔をしかめた。「ここから出よう――ぼくは昔から学校が嫌いなんだ」

「でしょうね。学校をずる休みする典型的なタイプだわ」

「ほとんど休んでばかりいた。一日じゅう机に向かうより、入り江で泳ぐほうが好きだった」

「でも、あなたはこの学校の閉鎖に反対しているんでしょう」レイフと並んで家に向かいながら、ヘイゼルは言った。今度は、遠まわりの安全な道を行く。

「ここで生まれた子供たちには、できるだけ長くこの村ですごしてほしいんだ。長い目で見れば、それが彼らのためになる」

「そうね、その意見には賛成よ。でも、なかには、それが当てはまらない子供もいると思うわ」

レイフがヘイゼルに視線を向けた。「この地域の美しさと自然を愛する人間をふやす必要があるんだ。

ぼくが死ねば、きっとシーリアはさっさとここを売るだろう。何年も前からいくつかのリゾート会社がここを買いたいと言ってきている。そんな動きに反対する住民が少しでも増えることがぼくの願いだ」

「ほんとうにシーリアがそんなことをすると思う？」不安がヘイゼルの表情ににじみでた。

「ぼくはあいつの欠点に気づかないほどばかじゃない。土地があいつのものになったら、即刻売りはらうだろう。だが、ぼくはまだ死ぬつもりはない――死んで、喜ぶ者がいるとしても」彼が反応をうかがうように、さっとヘイゼルに視線を走らせた。

「レイフ！」ヘイゼルはショックを受けた。「わたしはあなたの死を願ったことなんてないわ。どうしてそんなことを言うの？」

レイフはまた肩をすくめた。「事故のあと、きみからは見舞いのひとことさえ来なかった」

「それは、あなたから連絡がなかったからよ」

「当然だろう！」レイフはヘイゼルの肩をつかんで自分のほうを向かせた。「ぼくは一カ月以上も混濁した意識のまま集中治療室にいた。きみがぼくからの招待状を待っていたとは知らなかったよ」

「違うの。わたしは――」

「シーリアの電報だけでは足りなかったのか？」彼の口調は苦々しかった。「たしかに、ぼくたちは過去にはいろいろ意見が食い違うこともあった。だが、きみがそれほどまでにぼくを嫌っているとは思ってもみなかった」

「でも、わたしは――」

「なんだ？　忙しかったのか？　大事な仕事を失う危険を冒したくなかったのか？　いいさ、わかっている、ヘイゼル。何もかもわかっている。身動きできずに病院で寝ているあいだ、きみが来ない理由を考える時間はたっぷりあったから。きみは向こうでの生活が楽しすぎて、当たり障りのない見舞いの手紙を書く暇さえなかったのさ。無視していれば、そのうちなかったことになる——そう思っていたんだろう？」彼は頬の火傷の跡にふれた。「だが、これは、なかったことにはできない」

「違うわ、レイフ」ヘイゼルは必死に声をあげた。「そうじゃないのよ」

「いまさらどうでもいいさ。ただ、二十一歳になって遺産を手にしたら、すみやかにぼくの前から消えてくれ。言いたいのはそれだけだ」最後にもう一度ヘイゼルを恐ろしい目でにらみつけてから、レイフは背中を向けて立ち去った。

涙のあふれる目で、ヘイゼルは彼を見送った。彼を呼びとめ、シーリアが連絡をくれなかったのだと言いたかった。でも、きっと彼は信じないだろう。シーリアが彼をうまく言いくるめるに決まっている。

動揺したときの癖で、ヘイゼルの足は自然にマーストン家に向いた。昔からトリーシャの家族は、いつも何もきかずにヘイゼルを迎え入れてくれた。

ヘイゼルを見ると、シルヴィア・マーストンの顔が喜びに輝いた。子供のころからしょっちゅうこの家ですごしていたので、ヘイゼルはシルヴィアにとってふたりめの娘のようなものだった。

シルヴィアは金髪の娘を抱きしめた。「ヘイゼル！　トリーシャからあなたが帰ってきたと聞いたのよ。でも、学校でレイフと話しているって」

「ええ。レイフはもう家に戻ったわ。というか、たぶん戻ったと思う」

「そう」

ヘイゼルは弱々しくほほえんだ。「わかるでしょう？　結局何もかも昔と同じなのよ！」彼女は疲れたようにソファに座りこんだ。

シルヴィアは慰めるようにその肩を抱いた。「時が解決してくれるわ。レイフに時間をあげなさい」

ヘイゼルの目に涙が浮かんだ。「むりよ。一週間後には彼の前から消えろと言われたから」

「まさか！　きっとあなたの誤解よ。レイフはあなたの後見人なんだから。追いだすことなんてできないわ」

「あと一週間で、レイフはわたしの後見人じゃなくなるの。それまでは屋敷にいていいそうよ」

「でも、出ていけなんて言う必要はないはずよ」シルヴィアが鋭い目でヘイゼルを見つめた。「シーリアが関係しているんじゃないの？　また彼女が何かたくらんだんじゃないの？」

「そうみたい」ヘイゼルは、シーリアがレイフの事故のことを知らせてくれなかったことを話した。

シルヴィアが腹立たしげに立ちあがった。「あの女は怪物だわ！　鞭《むち》でたたいてやるべきよ」

「シーリアはわたしを憎んでいるのよ。心の底から憎んでいるの！」

シルヴィアは優しくほほえんだ。「シーリアはあなたの人格を憎んでいるわけじゃないのよ。時期が悪かったの。あなたがここへ来たのは、ちょうどシーリアがすべての男性の視線を自分に向けさせたがっていた時期だった。十六歳のシーリアは、みんなに自分のことを世界一きれいな女性だと思ってほしかったの。レイフもふくめて。でも、レイフはあなたの世話で手がいっぱいだった。シーリアにしてみれば、自分に向けられるはずの愛情をあなたに横取りされたような気がしたんだと思うわ」

「でも、レイフとシーリアは兄妹よ！」

「だからこそ、レイフはシーリアをかわいがり、甘やかしていた。でも、同時に彼は、あなたには充分すぎるほどの優しさと愛情をかけてあげる必要があると感じていた。だから、レイフ・サヴェッジが愛情をそそいだのは、シーリアではなくてあなただったのよ。シーリアは自慢の兄がどんなに彼女を愛し、彼女のことをきれいだと思っていてくれるか、みんなに示したかったの。でも、そこへあなたがやってきた。大きすぎる目をした、帰るところのない小さな生き物のようなあなたは、誰かが愛情をそそいでくれるのを必死で求めていた。シーリアは仲間はずれにされたような気がしたのよ。それで、あなたを憎むようになった」

「気づかなかった……わたしはレイフにかわいがってほしいなんて、せがんだことはなかったのに」

シルヴィアが軽く笑った。「せがむ必要なんてなかったのよ。一目見ただけで、彼はあなたには無償の愛が必要だとわかった。そして、それを与えた」

そのとき、トリーシャが部屋に飛びこんできた。肩までの金髪を引き立てるグリーンのトップが、きらきら光る緑色の目によく似合っている。白いショートパンツとスニーカーをはいているから、出かけるつもりなのだろう。「声が聞こえたような気がしたから。テニスをしに行かない？」

「あんまり気が進まない」ヘイゼルの頭は、いまシルヴィアに聞かされたばかりのシーリアについての意外な事実でいっぱいになっていた。

「そう」トリーシャがふたりの向かい側の椅子に座りこんだ。「じゃ、わたしもやめとく」

罪悪感がヘイゼルの胸を刺した。自分の問題で、この家族の幸せを曇らせてはいけない。「いいわ。行きましょう。わたしも少し体を動かしたいわ」

カントリークラブは決して大きいとはいえないが、ひととおりの施設はそろっていた。プールにテニスコート、スカッシュルーム、もちろんバーも。

六面のテニスコートのうちの半分で、すでに若者たちがプレーに興じていた。ほとんどがヘイゼルとも顔なじみだ。

ふたりだけ、ヘイゼルの知らない若者がいたが、トリーシャがローガン兄弟だと教えてくれた。マークとカールという名前で、ディラニー家に滞在しているという。ふたりとも背が高く、金髪でハンサムだ。双子と言ってもいいほどよく似ている。おそらく一歳か二歳しか年が離れていないのだろう。

「一緒にどう？」マークがトリーシャに声をかけた。

トリーシャはその誘いにすぐ応じた。ここ数日、彼女はずっとマーク・ローガンが気になっていたのだが、これまで話をする機会がなかったのだ。

カール・ローガンはヘイゼルにほほえみかけた。「ぼくと組んで、このふたりをやっつけよう」

ヘイゼルは笑った。「三セットも体力が持つかどうか、自信がないの。もう長いことやっていないから。でも、あなたがその気なら、わたしも頑張ってみるわ。あなたがじょうずだといいんだけど」彼女はいたずらっぽくつけくわえた。

彼の腕前はなかなかのものだった。ヘイゼルとカールが第一セットと第三セットをとったが、どのセットもかなりの接戦だった。試合が終わると、四人はプールサイドの椅子に倒れこむように座り、冷たいライムジュースを夢中で飲んだ。

「きみはほんとうにテニスがうまいね」カールがさわやかな青い目でヘイゼルを見つめた。彼のおかげで、さっきまでの不愉快な気分を忘れられそうだ。

「前より少し動きが鈍くなったみたい。あなたがあんなにうまくなかったら、きっと負けてたわ」

マークがからかうように口をはさんだ。「ただ運に恵まれて勝てただけなのに、そんなにお互いを褒めあうとはね。ねえ、提案だけど、明日の夜四人でダンスに来ないか？」

「楽しそう」トリーシャがわくわくしたようすで答えた。「いいわよね、ヘイゼル？」

レイフに相談もせずにダンスの約束をしてもいいかどうか、ヘイゼルは迷った。たまにダンスに来るとき、レイフはいつもヘイゼルを連れてきたのだ。でも、それは怪我をする前のことだし、どちらにしろ今日彼に、近づくなと言われたのではなかった？

ヘイゼルはうなずいた。「ええ、楽しみだわ」ローガン兄弟はたしかに魅力的だったが、どこかジョシュやそのほかのアメリカで出会った男たちを思わせるところがあった。

ジョシュが結婚式の二週間前に突然婚約を破棄したことは、リンダに聞くまでもなく、人の噂《うわさ》で知っていた。それであまりいい印象を持っていなかったのだが、実際に会ってみると彼はとても魅力的な青年だった。

アメリカを発《た》つときはジョシュと離れるのが心残りだったが、コーンウォールに着いてからはヘイゼルの頭のなかはレイフのことでいっぱいだった。カール・ローガンはヘイゼルと親しくなりたそうなそぶりを見せているが、ヘイゼルは自分がほんとうにそれを望んでいるかどうか確信が持てなかった。

「うちで夕食を食べていかない？」トリーシャがヘイゼルを誘った。

ヘイゼルは残念そうに首をふった。「そうしたいけど、今夜は帰ったほうがいいような気がする」彼女は顔をしかめた。「帰国した日の夕食に顔を出さなかったら、シーリアになんて言われるか。ああ、彼女のめぐらす策略のこと、すっかり忘れていたわ。三年たっても何も変わっていない」

「でも、わたしは、あなたが帰ってきてくれてうれしいわ」トリーシャはヘイゼルの手をぎゅっと握りしめた。「じゃ、明日ね」

ヘイゼルはゆっくりとサヴェッジ館に向かった。どうせ暖かく迎えてもらえないことはわかっていた。シルヴィアの言うとおり、シーリアから連絡がなかったことをレイフに話すべきなのだろう。だが、それは、シーリアのヘイゼルに対する異常なまでの憎悪を認めることを意味する。いまはまだ、ヘイゼル自身がそれを認める心の準備ができていなかった。

それなのに、レイフを説得できるとは思えない。

「あら、帰ってきたのね」一段飛ばしで階段を上がりかけたヘイゼルの背に、シーリアの冷たい声が呼びかけた。「いまは兄さんには会えないわよ」

「もう会ったわ」ヘイゼルは静かに言った。

その言葉に驚いたらしく、シーリアの鋭い青い目が大きくなった。「そう。あまり目に心地よいとは言えない外見になったでしょう？」

ヘイゼルは肩をすくめた。見たときは一瞬ショックをおぼえたが、それはすぐに消え、以前のレイフを見ているのと変わらない感覚になった。二日もたてば、以前はいまとは違う外見だったなんて思えなくなるに違いない。

「もっとひどい怪我をいっぱい見てきたわ」

「そう。でも、その人たちは、あなたにとって兄さんみたいに大きな意味のある存在じゃなかったでしょう」

ヘイゼルは鋭く相手を見返した。「どういう意味かしら？」

シーリアが哀れむように笑った。「あなたは兄さんに恋をしていたでしょう。わたしと兄さんはよくあなたのことを笑ったものよ。あなたが兄さんの気を惹こうとあれこれ頑張るのを見ているのは、ものすごくおもしろかったわ」

「嘘《うそ》つき！」ヘイゼルの顔が真っ赤になった。「レイフはそんなことしないわ。それに、わたしはレイフに恋なんかしていない」

「いまはそうでしょうよ。いまの兄さんの外見は、まるでホラー映画だもの。でも、以前のあなたは恋をしていた。あなたってほんとうに薄情者ね、ヘイゼル。ほんの少し火傷の跡が残っただけで、もう興味をなくしてしまうなんて」

「わたしがそんなに厄介な存在なら、なぜレイフはわざわざわたしを帰国させたの？」

シーリアが満足そうに笑った。「兄さんじゃないわ。帰国しろという電報を打ったのはわたしよ」

「あなたなの？　少し遅すぎたんじゃないの？」

「どういう意味？」

「一年前の事故のときに連絡するべきだったんじゃないのかと言ってるの。レイフはあなたがわたしに連絡したと信じてるわ。どうしてかしらね、シーリア？　連絡した、とあなたがレイフに言ったからじゃないの？　ほんとうは連絡なんかしてくれなかったのに。そうでしょう？」

「それでうまく言いあてたつもり？　あのときもいまも、兄さんにはあなたなんか必要じゃないの。あなたがいまここにいるのはね、しがみついて離れなかった強情な子供から兄さんがやっと解放されるときが来たからよ。それだけ。誕生日がすぎたら、あなたはこの館とは関係のない人間になるの」

「わかっているわ」ヘイゼルは静かに言い返した。「でも、そんなことを言うためにわたしをイギリスに呼びもどす必要はなかったはずよ。手紙で充分だった。こんな騒ぎは必要なかったのに」

「それではだめなの。わたしはあなたという人がよくわかってる。兄さんから直接言ってもらわないとだめなのよ。それで、もう言われたんでしょう？」

「ええ」しぶしぶヘイゼルは認めた。

シーリアが意地悪くほほえんだ。「じゃ、言われたとおりにしてちょうだい。あなたはわたしたちの生活をあまりにも長いあいだ邪魔しつづけたの。できるだけ早く消えてちょうだい」

「心配しなくていいわ。いたくない場所にいつまでもぐずぐずしているつもりはないから」

「だったら、どうしてこんなに長く邪魔してたのよ？　兄さんがあなたをアメリカに連れていったとき、何もかも終わったはずだった。わたしも兄さんも、これでやっと邪魔者がいなくなったと思ったわ」シーリアが甲高い笑い声をあげた。「なのに、あなたは毎月兄さんに手紙を送ってきた。短いけど、その手紙のせいで兄さんはあなたのことを忘れなかった。どうしてそんなことをしたのよ、ヘイゼル？　十一年も邪魔しているのに、まだ満足できないの？」

「あなたって、いやな人ね、シーリア。ほんとうにいやな人！」ヘイゼルの大きな茶色の目に涙があふれた。「心配いらないわ。わたしはすぐ出ていくから」ああ、シーリアの憎しみは、ヘイゼルが思っていたよりずっと大きかったのだ！

「ふたりとも、いいかげんにしろ！」いつの間にか書斎のドアが開いて、レイフがふたりをにらんでいた。ヘイゼルは後ろめたさをおぼえた。レイフはいつから聞いていたのだろう？「家じゅうに声が響きわたっているぞ！　子供みたいに喧嘩《けんか》するなら、せめてもう少し声を小さくしろ！」

シーリアがさっと兄に駆けよった。小柄で美しい妹が、ほほえんで兄を見あげる。「喧嘩なんかしてないわ。ヘイゼルがもう階段を半分上がっていたから、声が大きくなっただけよ」

レイフの表情は険しく、青い目が情け容赦なくふたりをにらんだ。「ごまかそうとしてもむだだ。ヘイゼルがここに戻ってからほんの数時間しかたっていないのに、もう喧嘩を始めるとはな」そして彼は、書斎のドアをさらに大きく開けながらヘイゼルに言った。「入るんだ。話がある」

「いますぐ？」

「すぐだ」有無を言わせぬ口調だった。

シーリアのひどくうれしそうな視線を意識しながら、ヘイゼルは重い足どりで歩きだした。書斎は少しも変わっていなかった。羽目板を張った壁、大きなマホガニーのデスク、古い革の安楽椅子、磨かれた床のあちこちにおかれたラグ、造りつけの棚に積まれた本。本には何度も読み返された跡がある。ヘイゼルはデスクに向きあっておかれた椅子に座った。

レイフも腰を下ろした。引き締まった下腹とたくましい肩にぴったりフィットしたシャツを身につけている。シャツのボタンがウエスト近くまで開いていて、長く続く傷跡が見えた。浅黒い肌に、ぎざぎざの傷跡の端の部分が白っぽく浮いている。ヘイゼルはその傷がどこまで続いているのか知りたかったが、レイフが見せたがらないことはわかっていた。

彼女は挑むようにレイフを見た。「話って?」

レイフが鋭い警告の視線を向けた。「そんな態度はたくさんだ!」

「どうして? 失礼な態度をとるのはサヴェッジ家の人間だけの特権だから? だったら謝ります」

レイフがため息をついた。「謝る気などないくせに。それに、きみもサヴェッジ家の一員だ」

「違うわ! わたしはスタンフォード家の人間よ」

「名前はそうだが、気性はサヴェッジそのものだ」

「癇癪《かんしゃく》持ちってこと?」

「そのとおり」レイフがにやっと笑った。

その瞬間、彼は以前のレイフに戻っていた。子供のころのヘイゼルにとても辛抱強く接してくれたレイフ。目に涙をにじませて、ヘイゼルはほほえんだ。

「ああ、レイフ。すごく会いたかった!」

レイフが眉を上げた。「いつでも帰ってこられたのに。ここはいまもきみの家だ」

ヘイゼルは首をふった。「あなたは一度も手紙をくれなかったわ、レイフ。誕生日とクリスマスにカードを送ってくれただけ」

「たしかに、きみはよく手紙をくれた。アメリカは楽しかったか?」

「そうね……それなりに楽しかったわ」

「ボーイフレンドはできたか? きみの帰国を悲しんだ男はいたか?」

ちらっとジョシュのことが頭をよぎったが、すぐに追いはらう。きっと彼はもうつぎの恋人を見つけただろう。「いいえ、誰も」ヘイゼルはきっぱりと答えた。「どうせ帰国したんだから、今度はロンドンで仕事を探そうと思うの」

「いっそこの村で仕事を見つけたらどうだ？　そうすれば、このままここで暮らせる」

ヘイゼルが目を大きく見開いた。「でも……出ていけって言ったじゃない」

「そうだったかな？　それで、いままできみがぼくの言いつけに従ったことなんかあったかな？」

ヘイゼルは悲しげにほほえんだ。「たいていは従ったわ。そのほうが簡単だったから」

「それで、出ていくつもりなのか？」

ヘイゼルの顔に困惑が浮かんだ。「あなたが出ていけって言ったのよ」

「わかっている。だが、少々早計すぎたような気がしているんだ。きみにはここに住む権利がある。ここはずっときみの家だったし、それに少しきみの力を借りたいこともある」

「わたしの力を借りたい？」

「そうだ。ぼくは昔から書類仕事が好きじゃないんだ。だから、きみにそれをやってもらいたい」

「でも、シーリアが――」と言いかけて、ヘイゼルは言葉を切った。何を言っても、作り話にしか聞こえないような気がした。「なんでもない」

レイフが首をふった「きみとシーリアは昔からうまくいかないようだな。なぜなのか、ぼくにはわからないよ」

数時間前シルヴィア・マーストンに言われるまでは、ヘイゼルにもわからなかった。「性格が違いすぎるだけ。たいしたことじゃないわ」

レイフは顔をしかめた。「屋敷にきみたちの声が響きわたるのだから、そうも言っていられない」

「レイフ、わたしはお情けでここにおいてもらうつもりはないの。あなたたちがあり余るほど持っているサヴェッジ一族のプライドの幾分かは、わたしのなかにもあるの」

「わかっている」レイフの口もとがわずかにほころんだ。「とにかく誕生日まではここにいろ。そして、ぼくの提案について考えてみてくれ」

「そうします」

「シーリアに言って、明日の夜ささやかなディナーパーティを開くことにしよう。きみの帰国祝いに、ごく親しい友人だけを招いて」

「その、明日はだめだわ」ヘイゼルは急いで言った。「もう約束してしまったのよ」なぜ罪悪感をおぼえるのだろう？　そんな必要はないはずなのに。

レイフは驚いた表情ひとつ見せなかった。「今日、クラブに行ったようだな」

「ええ、トリーシャとね。テニスをしたの」

「それで、明日の夜はダンスに行くのか？」

「そうよ。マークとカールに会って、誘われたの。そのときは、いいアイデアだと思ったのよ」

レイフの指が無意識のように顔の傷跡を撫でた。

「きみの行動をいちいち説明する必要はないさ」彼は立ちあがった。以前より痩せているが、力強さは変わっていない。「ディナーパーティはべつの日にしよう。さて、ぼくはそろそろ夕食のためにシャワーを浴びて着替えにかかるよ」

その言葉を合図に、ヘイゼルは自室に戻った。サヴェッジ館では、夕食の席に着くときにはきちんと服装を整える習慣になっている。帰国の最初の夜である今夜は、いっそう念入りに身支度をしたかった。このうえ服のことまでシーリアに批判されたくはない。

ヘイゼルが選んだのは、足首まで流れ落ちるエメラルドグリーンのシフォンのドレスだった。そのドレスが金髪に蜂蜜色の輝きを加え、金茶色の目に深みのある光を与えてくれた。

「服装のセンスはよくなったようね」居間で食前のシェリー酒を飲みながら、シーリアが意地の悪い口調で言った。「以前ここにいたときには、ずっとジーンズですごしていたようだったけど」

「夕食のときはジーンズじゃなかったわ」レイフから視線を離すことができないまま、ヘイゼルはうわの空で答えた。黒のズボンに白いジャケットという正装をした彼はすばらしく魅力的で、見るだけでヘイゼルの鼓動が速くなっていった。

シーリアがヘイゼルをにらんだ。「それで、いつ出ていくの？」

「シーリア！」レイフが音をたててグラスをおいた。「その言い方はぶしつけすぎるぞ」

「いいの、レイフ」ヘイゼルは口をはさんだ。「わたしは――」

シーリアの目に憎悪が燃えあがった。「よけいな口出ししないで！　自分の発言については自分でちゃんと責任をとるわ――必要なときには」

「どうやら、いまがそのときのようだな」レイフの声は硬かった。「おまえの言葉は、不作法の度がすぎていた」

「わたしはそうは思わないわ。だって、ヘイゼルがいつ出ていくのかきいただけだもの」

ヘイゼルは何か言わなくてはと焦ったが、強烈すぎる個性のサヴェッジ家の人々に圧倒され、何も言葉を思いつけなかった。

ヘイゼルより先に、レイフが言った。「ヘイゼルは出ていかない」

シーリアが鋭く兄を見た。「どういう意味？」

ヘイゼルも同じことをききたかった。まだここに残るとは言っていないのに。

「ここにいてくれとぼくが頼んだから、ヘイゼルは出ていかない」静かな口調で、レイフが言った。

シーリアの体がこわばった。「なんですって?」

「ここにいてくれとぼくが頼んで――ヘイゼルが了承した」

まだ口をきけずにいたヘイゼルに、シーリアが食ってかかった。「この泥棒猫! 嘘つき! 出ていくって言ったじゃないの。さっそくまた兄さんにおべっかを使ってとりいったのね」

レイフの口もとが引き締まった。「いまの言葉をとり消して、ヘイゼルに謝れ」

シーリアはくるりとふりむき、足音も荒くドアに向かった。「いやよ、この泥棒――ヘイゼルに謝るなんて」レイフの怒りの気配を感じたらしく、彼女はかろうじて悪態の言葉をのみこんだ。「それから、安心して。あなたたちの三年ぶりの夕食を邪魔するつもりはないから」そして、ばたんとドアの閉まる音が響いた。

3

ヘイゼルの顔は真っ青だった。どうしてシーリアはあんなことが言えるのだろう。それも、レイフの前で! レイフに視線を向けたとたん、ヘイゼルの顔が今度は真っ赤になった。シーリアの言葉のせいで、彼の力強い腕に抱きしめられる自分の姿が頭に浮かんだ。はっとして、ヘイゼルはその妄想を追いはらった。想像してはならないことだった。

「戻ってきたら謝らせる」レイフが硬い口調で言った。

むりにそんなことをさせたら、シーリアの怒りが大きくなるばかりだ――これ以上大きくなる余地があるとすれば、だが。「気にしないで。シーリアの言うことにも一理あるわ」ヘイゼルはできるだけ軽い口調を保とうと努めた。「子供のころは、自分で生活費をどうにかすることなんてできなかった。でも、もうおとなになったんだから、これ以上身内の立場に甘えることはできないわ」

レイフの目が細くなった。「どういう意味だ？」

ヘイゼルは肩をすくめた。「これ以上あなたの施しを受けるわけにはいかないという意味よ」

レイフの顔に怒りが燃えあがった。黒ずんだ肌のなかで、傷跡だけが妙に白く見える。「施しなんかじゃない。きみもわかっているはずだ」

「あなたはとても思慮深い人だから、けっしてそんなふうに思わせるような態度はとらなかったけど、いまになってわたしは自分がどんなに厄介な存在だったか気づいたの。精神的にも、経済的にも。シーリアが怒るのは、彼女が正直だからよ」

「ぼくは正直じゃないと言いたいのか？」レイフの口調は不気味なほど穏やかだった。

ヘイゼルはレイフがわかってくれますようにと願いをこめて彼を見つめた。「そうじゃなくて、わたしが言いたいのは、シーリアが腹を立てる気持ちも理解できるということよ。だって、わたしにはサヴエッジ家の血は流れていないんですもの」

「それはわかっている」

「ということは、わたしがここにいるとしたら、自分で働いて生活費をまかなわなくてはならないということになるわ」

「どうやって？」

「もちろん、あなたの書類仕事を手伝って」

レイフがにやりと笑った。「それはぼくの思いつきじゃないか。まったく、油断も隙もないな！」

「レイフ！」ヘイゼルの顔がまた真っ赤になった。

レイフが笑い声をあげた。「冗談だ、ヘイゼル。ただのジョークだよ」

食事のあいだは当たり障りのない話題に終始し、レイフはアメリカでのヘイゼルの生活についていろいろ聞きたがった。ヘイゼルもくつろいだ気分になり、居間に移ってコーヒーを飲むころには、ジョナサン医師のもとで働きだしたころにしでかしたミスのことまで話してしまった。

レイフは肘掛け椅子にゆったりと座ってブランデーを味わっていた。「ジョナサンならわかってくれたさ」

ヘイゼルは戸惑った。「先生を知っているの？」

「少しだけ。それに彼の息子も。ジョシュには会ったのか？」

ヘイゼルの頭はさらに混乱した。「ジョシュも知っているの？」

「何年か前にロンドンで会った」

「どうして話してくれなかったの？」

「話すほどのことは何もなかったからさ。ただの顔見知りだよ」レイフはこの話題を出したことを後悔しているようだった。

「そう。でも……これまで一度も言わなかったのって、少し変だわ。まるで何か理由があって黙っていたみたい」ヘイゼルはぱっと立ちあがった。「そうなの、レイフ？　わざと黙っていたの？」

「まったく想像力のたくましい子供だな！　ジョナサンのことを言わなかったのは――たいして親しい知り合いじゃないからさ」

ヘイゼルはマントルピースの端にコーヒーカップをおいた。「でも、顔見知りなんでしょう。それに、先生のほうも何も言わなかったのはどうして？」

いらだちを隠せないようすで、レイフも立ちあがった。「彼もたいしたことじゃないと思っていたからだろう。あれこれ想像を働かせるのもいいかげんにするんだな！　きみがあそこで働いたこととこれとはなんの関係もない」

「そんなの、信じろと言われてもむりよ」
「好きなようにするがいい。仕事が残っているから
ぼくは書斎に行く」
「こんな時間に？」
「さっきも言ったように、時間が足りないんだ。夜
はほとんど書類仕事でつぶれる」
「手伝いましょうか？」ヘイゼルは曖昧な口調でき
いた。たったいまレイフと交わした会話がひどく気
になっていた。彼女がジョナサンのところで働けた
のは、きっと彼とレイフとの親交が一役買っていた
に違いない。つまるところ、あの仕事を見つけてく
れたのはレイフなのだから。
「今夜はいい。長い一日だっただろう。時差ぼけに
ならないように、ちゃんと寝たほうがいい」
レイフはすでに仕事に意識が向いてしまったらし
く、ヘイゼルのおやすみの挨拶も耳に入らなかった
ようだった。ひとりになると、ヘイゼルは彼の忠告
に従ってベッドに入ることにした。ほんとうに長い
一日で、彼女は疲れきっていた。
それでも、自室に戻ると、ヘイゼルはバルコニー
に出てすばらしい景色に目をやった。三年ぶりに見
る景色だ。月明かりに照らされたこの海岸の景色は、
ほかに比べるものがないほど美しかった。波打ち際
で砕ける白い波にきらめく月の光、澄みきった空、
打ちよせる波の音。何もかもが最高に美しい。
バルコニーへのドアを開けたままにして新鮮な空
気をとりいれ、ヘイゼルは手早くシャワーを浴びて
文字どおり倒れるようにベッドに入った。
翌朝ヘイゼルは遅くまで眠っていた。彼女を目ざ
めさせたのは、ドアが壁にばたんと突き当たる音だ
った。ヘイゼルはまばたきして必死に目の焦点を合
わせようとした。
シーリアが立っていた。「いまサラがここにコー
ヒーを運ぼうとしていたから、わたしが止めたの。

ここはホテルじゃないのよ」

コーヒーこそ、いまのヘイゼルに必要なものだった。シーリアもそれをちゃんとわかっているのだ。

ヘイゼルは上半身を起こした。「ホテルじゃないのはわかっているわ。わたしはコーヒーを持ってきてほしいなんて頼んでない」

「そうでしょうとも。昔からあなたが何も頼まなくても、みんながあなたを喜ばせようといろいろ面倒を見てきた。でも、わたしがここの切り盛りをまかされているいまは、そうはいかないのよ」

ヘイゼルはため息をついた。「三年前だって、もうあなたはここの女主人だったじゃない」

シーリアがにっこり笑った。「そうだったわね。それも、あなたがアメリカに行った理由のひとつだったんでしょう?」

ヘイゼルはベッドから出てバルコニーに向かった。日差しのなかで猫のように伸びをする。「夏に帰ってきてよかったわ。夏のサヴェッジ館ほどきれいな場所はどこにもない」

「あなたがここで夏をすごすのは今年で最後よ。で、どうなの? 答えて」

ヘイゼルは部屋に戻って化粧台からブラシをとり、長い髪を梳《と》かしはじめた。「なぜアメリカに行ったのかってこと? どうせいつかはこの屋敷から出なくてはならなかったわ。それで、アメリカもよさそうだなって思っただけ」

赤く塗られたシーリアの唇に、ふたたび嘲笑が浮かんだ。「ちょうどあのとき、ここを出ていかなくてはならないと思ったなんて妙な話ね」

音をたててブラシが化粧台におかれた。「あなたにはなんの関係もなかったことだけは保証するわ」

八年間暮らした家を出なくてはならなかった理由。もしそれをシーリアが知ったら……。だが、シーリアがそれを知ることはけっしてない。この秘密だけは絶対に守る。

シーリアがうんざりした顔になった。「じゃ、そういうことにしておきましょう」彼女はベッドの端に腰を下ろした。「それはそうと、あなたは兄さんに、わたしのささやかな――怠慢については話さないことに決めたようね」

「ささやかな怠慢？」ヘイゼルはさっさとシーリアに出ていってほしかった。シャワーを浴びて着替えをし、階下にコーヒーを飲みに行きたかった。霧がかかったようにぼんやりした頭では、とてもシーリアと渡りあうことなんてできない。

「兄さんの事故について知らせなかったことよ」

「つまり、わざと知らせなかったと認めるのね？」

シーリアは肩をすくめて立ちあがり、化粧台に近づいて、ブラシとセットになっている金とオニキスの櫛《くし》を手にした。「すてき。高そうね」

ヘイゼルは真っ赤になって櫛を奪い返し、化粧台に戻した。「友人から餞別《せんべつ》にもらったのよ。それで、どうなの？　わざと知らせなかったの？」

「いいえ、違うわ。ただあなたには関係ないって思っただけ。だって、家族じゃないんだし」

反論したかったが、できなかった。昨夜ヘイゼル自身がレイフに同じことを言ったのだから。「どうしてわたしがまだレイフに話していないと思うの？　昨日の夜はずっとふたりきりだったわ。あなたがどんなにひどい嘘《うそ》つきか、彼に話す時間はたっぷりあったのよ」

「もしあなたからその話を聞いたら、いまごろきっと兄さんはわたしを怒鳴りつけているはずよ。でも、何も言わなかった。ただ、ゆうべのことを謝れって言っただけ。わたしは謝るつもりなんかないけど」

「いまからでも、あなたのささやかな怠慢のことは話せるのよ」シーリアの満足げな態度が、ヘイゼルの怒りに火をつけた。

シーリアはさっさとドアに向かった。「もう遅いわ、ヘイゼル。わたしは、あなたが兄さんにとりいりたくて嘘をついてるんだって言うもの。きっと兄さんはわたしのほうを信じてくれる。ここに着いたとき、すぐに言うべきだったのよ、翌日まで待たずにね」勝ち誇ったほほえみを残して部屋を出ると、シーリアは静かにドアを閉めた。

ヘイゼルは足音も荒くバスルームに向かい、ほてった額を冷たい鏡に押しつけた。震えと熱さ、吐き気と妙な空虚さを同時に感じる。昔から、シーリアと話すといつもこんな感覚に襲われてきた。いまこそ敢然と彼女に立ちむかい、アメリカで培った自信の一端を見せつけてやるべきときだったのに。

ため息をつき、今度は壁に背中をもたせかけた。シーリアに言い返せなかったのは、ヘイゼルが臆病者だからだ。サヴェッジ館から出ていきたくないからだ。レイフのもとを離れたくないからだ。

ヘイゼルはもの思いをふりはらって、身支度を調えることに専念した。シャワーを浴びて気分をすっきりさせると、彼女はキッチンに向かった。

サラがほほえんでヘイゼルを迎えた。「コーヒーですね。トーストはいかが？」

「ええ、お願い」子供のころと同じように、ヘイゼルはキッチンカウンターのスツールに腰を落ち着けた。子供のいないサラはいつもヘイゼルを娘のようにかわいがってくれたので、自然にヘイゼルはキッチンで食事をとることが多くなった。もちろん、レイフの許しがあれば、だが。

この半時間飲みたくてたまらなかったコーヒーは、思い描いていたとおりのおいしさだった。空腹ではなかったが、昼食まで二時間もあるから、何かおなかに入れておいたほうがいいだろう。

「レイフはどこ？」

「四時間も前から地所の見まわりですよ」

ということは、七時半には家を出たということだ。昨夜も遅くまで仕事をしていたのに。昨夜レイフが部屋に引きとる物音が聞こえたのは十二時をすぎてからだった。「少し働きすぎじゃないかしら」

「この半年間、わたしは何度も旦那様にそう言いましたよ。退院してからというもの、ひどく根をつめて仕事をなさって。お医者様に、むりをせずのんびりしなさいと言われたというのに……」サラは不満そうに首をふった。「旦那様は誰の言うことも聞こうとなさらず、三人分ぐらいの仕事をひとりですると言い張っていらっしゃるんですよ」

「でも、誰かが止めなくちゃ。死んでしまうわ！」

サラがコーヒーのお代わりを注《つ》いだ。「ヘイゼルお嬢様ならきっとなんとかしてくださると、わたしは期待しているんですけどね」

ヘイゼルの顔に疑わしげな表情が浮かんだ。「レイフがわたしの言うとおりにしたことなんてあったかしら？」

「ええ、何度も。ヘイゼルお嬢様なら、旦那様の気持ちを少しは仕事からそらすことができるはずです。もうちょっと人生を楽しもうという気にさせられるはずです」

ヘイゼルは首をふりながら立ちあがった。「わたしはレイフに対してそんな影響力は持っていないわ。でも、書類仕事を手伝ってほしいと言われて、承知したの。それで少しはレイフも楽になるはずよ」

サラの顔がほころんだ。「まあ、うれしい！お嬢様がお手伝いされたら、きっと旦那様もお楽になります。もちろん、シーリア様がお手伝いなさってもいいのでしょうけれど、シーリア様はお友だちと遊ぶほうが好きなようで。それも、ずいぶんやんちゃなお友だちばかりで。まあ、わたしには関係のないことですけれど、つぎにあの人たちが何をしでかすか、はらはらものですよ。つい先日は、全裸で日光浴をなさったんですから」

あきれ顔のサラを見て、ヘイゼルは笑った。アメリカでは、人目のない場所を選んでヘイゼルもよく全裸で日光浴を楽しんだものだった。でも、サラやこの村の人たちの驚きようは想像に難くない。

ヘイゼルはからになったカップと皿を調理台においた。「ちょっと書斎をのぞいて、何かわたしにできることがないか見てみるわ」

「それはいい考えですね。きっと旦那様が驚きますよ。あ、それはいいんです」食器を洗おうとしたヘイゼルに、サラは言った。「わたしがやりますから。お嬢様はさっさとお仕事にかかってください」

サラと言い争ってもむだとわかっていたので、ヘイゼルは言われたとおりにドアに向かった。「レイフは昼食には戻るかしら？」

「さあ、どうでしょう。お戻りのときもあれば、戻らないときも」

書斎はひどい混乱ぶりだった。デスクの上一面に手紙が散らばっている。開封されたもの、未開封のもの、あきらかに何日も放っておかれているもの。かわいそうなレイフ。きっと返事を書く暇もないのだろう。昨日ヘイゼルがここへ入ったときには、引き出しのなかにでも隠されていたのに違いない。

デスクに向かって腰を下ろしたヘイゼルは、自分の写真があるのに気づいて驚きをおぼえた。もちろんシーリアの写真もおかれているが、ヘイゼルはまさか自分の写真がここにあるとは思ってもみなかった。彼女の十八歳の誕生日に撮られた写真。その日のことを、ヘイゼルはなんとかして忘れようとしてきた。レイフも同じ気持ちだろうと思っていたのだが、どうやらそうではなかったらしい。

ヘイゼルは写真から目をそむけ、よみがえる記憶をふりはらった。まずダイレクトメールなどはわきにとりのけ、重要と思われる手紙に目を通していく。

急ぎのものは今夜レイフに渡せば、明日には返事をタイプできるだろう。

「いったい何をしている？」

その声に、ヘイゼルはびっくりして顔を上げた。仕事に熱中して、ドアの開く音に気づかなかったのだ。「あの……手紙を選《よ》り分けていただけよ」

「きみにあれこれかきまわされるのを、ぼくがいやがるとは思わなかったのか？」

「でも、書類仕事の手助けをしてほしいと言ったのはあなたよ」ヘイゼルは不安げにレイフを見つめた。痛いほどレイフの存在を意識していた。細身のデニムをはき、ボタンをはずしたシャツを羽織るように着ているレイフは、どんな女性の脈拍も速くなりそうなほどセクシーだった。火傷《やけど》の跡も彼の魅力の一部になってしまっている。傷跡があろうとなかろうと、レイフはレイフだ。ヘイゼルにとってはあまりにも大きな意味を持つ存在だった。

右手に両切り葉巻を持って、レイフはデスクの前に立った。「だが、まさかぼくのいないときに、きみがここをかきまわすとは思っていなかった」彼の視線は冷たかった。

ヘイゼルはぱっと立ちあがった。「ほかにすることがなかったから、いつでも仕事を始められるように準備しておこうと思っただけよ」

レイフは何通かの手紙をとりあげてざっと目を通した。「このなかに、個人的な手紙が混じっているかもしれないとは考えなかったのか？」

「もちろん考えたわよ」ヘイゼルは未開封の手紙の束をレイフに突きつけた。「全部が個人的なものかどうかはわからないけど、少しでもその可能性がありそうなものは選り分けておいたわ」

レイフは平然としていた。「ありがとう」

ヘイゼルは怒りもあらわに、デスクの後ろから踏みだした。「ありがとう？　あんなにわたしを非難してておいて、たったそのひとことなの？　自分が放っておいてどうしようもなくなったからって、わたしに当たらないでよ！」

レイフがヘイゼルの腕をつかみ、その青い目が彼女をにらんだ。「放っておいたわけじゃない。ここにある手紙が何日分か知っているか？」

ヘイゼルは肩をすくめた。「二週間か、三週間分でしょうね、たぶん」薄いシャツの生地越しにレイフの手がひどく熱く感じられたが、ヘイゼルはその手をふりはらうことができなかった。

レイフの唇にゆがんだほほえみが浮かんだ。「三日分だよ、ヘイゼル。たった三日だ」

「三日！　でも、それじゃ、書類仕事にかかりきりになっちゃうじゃない」

「そのとおり。これで、どんなに助手が必要かわかっただろう」

レイフの体が近すぎて、ヘイゼルはひどく落ち着かない気分だった。「だから、いまわたしがやろうとしていたのに」

レイフが乱暴に手を放した。「ひとりでこの部屋に入るのはやめてくれ」

「わたしを信用していないのね？」

「そういう意味じゃない。夕方一緒に手紙の整理をして、翌日きみが返信をタイプできるようにするほうがいいと思っているだけだ。あとは、地所の経営に関する電話の応答を頼みたい」

ヘイゼルの頭に残ったのは、レイフの言葉の一部だけだった。「夕方になってから、わたしに仕事をさせるつもりなの？」落胆の響きを隠すことができなかった。夜の時間をずっとレイフとふたりきりで書斎にこもってすごしたくはなかった。

レイフの目に冷笑が浮かんだ。「夕食の前ほんの一、二時間だけのことだ。きみが友人とつきあう時間はちゃんとある。ただぼくは昼の時間を書類仕事でつぶしたくないだけだ」

ヘイゼルはサラの助言に従って、レイフを少しでも仕事から引き離そうと試みた。「あら、たまにはクラブや昔なじみのお店に連れていってもらえると期待していたのに」

レイフの顔がふいに無表情になった。「ぼくは運転手じゃない。行きたいところがあるなら、ジェームズに頼め」

「でも、わたしはあなたに連れていってもらいたいの。話したいこともたくさんあるし――」

「ふたりで話すことなど何もない」レイフが冷たくヘイゼルの言葉をさえぎった。「きみはもうおとなだ。同年代の友人を見つけるべきなんだ」

「わたしのために時間は割けないというのね？」ヘイゼルの喉がつまった。

「まあ、そういうことだ」レイフがうなずいた。

「じゃ、初めからそう言えばよかったのに！ ああ、こんなところに帰ってこなければよかった！ ずっとアメリカにいればよかった。向こうで楽しく暮らしていたのに。友人もジョシュもいて」

「ジョシュ？ じゃ、やはり彼に会ったんだな？」

「ええ、会ったわ」ヘイゼルはわざと意味ありげな気配をにじませて言った。レイフに比べれば、ジョシュなどなんの意味もない存在なのに。

「なるほど。つまり、きみは嘘をついたわけだ。きみがここへ戻ったことを悲しむ者はいない、と」

ヘイゼルは嫌悪をこめてレイフをにらみつけた。

「嘘なんかついていないわ。もうやめてよ、レイフ。すぐに突っかかってくるのはやめて」

「突っかかってなどいない。それに、出ていきたいなら行けばいい。そもそもぼくは、きみが帰ってくることに驚いたんだ。帰る理由を知らせる手紙のひとつもなく、ただ到着時間を知らせる電報が来ただけだった。寝耳に水だったよ。妊娠でもして、慌てて帰ってくるのかと思った」彼の視線がちらっとヘイゼルの腹部に向けられた。「だが、どうやらそうではなかったらしい」

シーリアは、レイフにはなんの相談もせずにヘイゼルを帰国させたのだ！　でも、だからといって、レイフが侮辱的な言葉を吐いてもいいということにはならない。「どうしてわかるの？　まだ目立たないだけかもしれないのに」

「じゃ、妊娠しているのか？」

ヘイゼルは不遜な態度でレイフを見つめた。「可能性は否定しないわ」嘘だった。近ごろの男性はすぐに体の関係を期待するが、ヘイゼルは奔放さとは無縁の生活を送ってきた。

「それはジョシュの子供か？」

「可能性は否定しないわ」

「だが、断定はできないというわけか。もし確信があったら、ジョシュはきみと結婚したのか？」

レイフはすっかり信じてしまっている！　ヘイゼルがこの三年間どんな生活をしてきたと思っているのだろう。「過去に照らしてみれば、ノーね」

「つまり、彼はしょっちゅう女性を妊娠させては、その責任から逃げているということか？」

ヘイゼルは気分が悪くなってきた。それと同時に、すっかり意気消沈してしまった。こんな話を平然としていられるのは、レイフがヘイゼルに異性として関心を持っていないということだ。「妊娠なんかしていないわ、レイフ」彼女はため息をついた。妊娠できるはずがない。体をまかせてもいいと思うほど惹《ひ》きつけられた男性がいなかったのだから。ただひとり、ヘイゼルが惹かれた男性は彼女になんの興味も持っていない。

レイフの目は刺すように鋭かった。「確かか？」

「ええ。だって――」

ドアからサラが顔をのぞかせた。「昼食の用意ができていますよ」

「おなかがすいてないの」ヘイゼルは家政婦のわきをすり抜けながら言った。「ごめんなさい、サラ」

ヘイゼルは自室に駆けこんだが、すぐにレイフが追いかけてきた。サラがさぞ驚いていることだろう。

「なぜあんな嘘をついた？」

「あなたがわたしを非難したからよ。奔放な生活をしてきたって」

「そんなことはしていない。ただ、ここに戻ってきた理由をきいただけだ――そして、きみはまだその問いに答えていない。妊娠ということにこだわったのはきみのほうだ」憤慨した口調だった。

妊娠と聞いて彼が怒るかどうか試してみたかったのだ。「じゃ、もう忘れてちょうだい。百パーセントありえないから。帰ってきたのは、初めから三年だけと、あなたに約束させられていたからよ」

「あと三カ月残っていた」

「三カ月早く戻って、ほんとうに悪かったわね！　お望みなら、また出ていきます」

レイフの視線がゆっくりとヘイゼルの全身を見まわした。「いまさらそんなことをしても無意味だ。それに、ぼくが助手を必要としていることはよくわかったはずだ」

「あなたにとって、わたしはただの助手？」

ヘイゼルの攻撃的な口調に、レイフが黒い眉を上げた。「きみはどう思う？」

「いますぐわたしが出ていっても、あなたは気にもとめないだろうと思うわ」

レイフの顔は陰鬱で、半分閉じたまぶたのせいで目の表情は読みとれない。「ぼくがどんな気持ちでいるか、きみは何もわかっていない」

「じゃ、話してよ、レイフ。ちゃんと話して」

「話さないといけないことは三年前にすべて話した。昼食が待っている」レイフはドアを開けた。「あまりサラを待たせないように」

ヘイゼルは顔をそむけた。「おなかはすいてないと言ったでしょう」

「だったら食べなくていい。すねてここに閉じこもっても、空腹でつらい思いをするのはきみだ。きみが食事をしようがしまいが、ぼくにはどうでもいい」

レイフが出ていくのを待たずに、ヘイゼルはバルコニーに出た。とにかく、しばらくレイフから離れる必要がある。そうだ、丸太小屋に行こう。

そっと屋敷から抜けだしたとき、新たな興奮がヘイゼルを包みこんだ。丸太小屋はヘイゼルのものだ。あそこなら誰とも争うことなく、自分の好きなようにできる。

良好な状態に保たれているとはいえ、やはり大掃除は必要だった。ベッドのマットレスも外に出して日光と空気に当てる。窓もドアも開け放って掃除をするうちに、いらだっていた神経が少しずつ静まっていった。八年間、ヘイゼルはサヴェッジ館で毎日緊張にさらされる生活を送った。もうあんな我慢をするのはいやだ。

けれど、ここから出ていくのもいやだった。三年前にここを出たときは、身を切られるようにつらかった。またあのつらさに耐えるなんてできない。ヘイゼルは首をふった。レイフに命令されないかぎり、出ていくことはしない。

二時間ほどで丸太小屋はすっかりきれいになった。同時に、耐えきれないほどの空腹にヘイゼルのおなかが鳴りだした。彼女はこっそり屋敷に戻ってキッチンに入りこみ、サラにっこりほほえみかけた。

「やっと落ち着いたんですね」サラが不満げに鼻を鳴らした。「日那様をすっかり怒らせてしまって」

ヘイゼルは調理台の上からまだ温かいケーキをとった。「あら、そうだったかしら?」彼女は無邪気な顔でとぼけてみせた。

もうひとつケーキをとろうとしたヘイゼルを、サラが止めた。「だめですよ。いま、もう少しちゃんとしたものを用意しますから。どうしてお知らせしたときに召しあがらなかったんですか。昼食のあいだ、旦那様はひとことも口をおききにならなかったんですよ」

ヘイゼルはスツールに腰を落ち着けた。「だって、ひとりじゃ話のしようがないでしょう、サラ」

「いいえ、シーリア様がご一緒でした」

昼食の席につかなくてよかった。ヘイゼルは心の底からほっとした。黙ったまま、サラが用意してくれた食事を口に運ぶ。今夜のカールとのデートに何を着ていけばいいのだろう？　あまり行きたくない気分だったが、トリーシャをがっかりさせることはできなかった。ダブルデートの約束なのだから。

「サラに食事をねだったんだな」ドア口から、ため息混じりのレイフの声がした。「きみはもう子供じゃないんだぞ、ヘイゼル。ちゃんとおとなと一緒に食事をするべきだ」

「はい、レイフ」神妙に応えてみせる。

「いまから仕事にかかれるか？」

「いまから？」落胆をおぼえずにはいられなかった。のんびりお風呂につかって、念入りにマニキュアを塗り、時間をかけて完璧なメイクをするつもりでいた。いまから仕事にかかったら、そんな暇はなくなってしまう。

「きみの外出の予定は忘れていない。長くはかからないよ」

ヘイゼルはしかたなくレイフのあとについて書斎に向かった。

「時差ぼけはもう大丈夫か？」デスクに向かって座りながら、レイフがきいた。

ヘイゼルはメモ帳と鉛筆を手にして座った。「ええ、大丈夫みたい」

「そうか」それ以上むだ話はせずに、レイフは返信の口述に移った。

　レイフがつぎの手紙にすばやく目を通すあいだだけ、ヘイゼルは彼を観察することができた。表情に疲れがにじみ、鼻と口のわきに深いしわが刻まれ、髪には灰色の筋が混じっている。そして、癖になっているのか、火傷の引きつった跡をずっと指先で撫《な》でている。いまも痛みが忘れられないかのように。

「気になるの？」ヘイゼルはそっときいた。

「何が？」レイフがそっけなくきき返した。

　ヘイゼルは自分が間違いを犯したことに気づいた。レイフは自分の経験した苦痛にふれられるのをいやがっている。「わたしはただ――」

　ふいに手荒に椅子を押しやって、レイフが立ちあがった。「何千本もの熱した針で突かれるような顔の痛みと、砕けた腰骨の痛み。それに耐えてすごす夜中がどんな地獄だったか、きみが知りたいのはそれなんだろう？」

「レイフ。わたしは――」

「違うのか？」怒りに燃えるレイフの目がヘイゼルをにらみつけた。

　ヘイゼルの目に涙がにじんだ。「違うわ――」

「嘘をつくな！」彼はくるりと背中を向けた。「出ていけ。ぼくの前から消えろ」

「レイフ、お願い、聞いて！　わたしは――」

「出ていかなければ」脅すような口調だった。「どうなっても知らないぞ」

「レイフ――」

「いいから、ヘイゼル。出ていけ」

　ヘイゼルは書斎から立ち去った。

4

寝室に戻ったとき、ヘイゼルは全身が震えていた。レイフの怒りは彼女の予想を超えていた。ヘイゼルが思わず恐怖をおぼえたほどだった。冗談じゃない――レイフに恐怖を感じるなんて。

だが、彼が耐え抜いた苦痛がどれほど大きなものだったかは想像がついた。彼が自分から話しだすまで、もうこの話はしないほうがいい。

とにかくいまは忘れるように努力することだ。これまで何度もそうしてきたように。急がなければ、遅れてしまう。夕食をとる暇もないかもしれない。ため息をついて、彼女はバスルームに向かった。

八時ちょうどに表のドアの呼び鈴が鳴った。ヘイゼルは、まだマニキュアの乾ききっていない爪に必死に息を吹きかけた。これでは、支度ができるまでシーリアかレイフにカールの相手をさせることになってしまう。

体にぴったりした黒いドレスを着ると、ヘイゼルはとてもほっそりとして、はかなげに見えた。金色の肩紐《かたひも》のついた、シンプルなデザインのドレス。このドレスに決めるまでにヘイゼルはずいぶん迷った。彼女は洗練されたおとなの女性として、みんなの前に出たかった。これから顔を合わせる人たちとは三年ぶりの再会になるし、何よりもレイフにおとなとして認めてもらいたかった。

金髪をシルクの雲のようにふわりと肩にたらしたヘイゼルが、やっと居間に向かったのは、八時を十分ほどすぎたころだった。レイフとカールがいたが、シーリアは出かけたらしく、姿が見えなかった。

金髪の男と黒髪の男。ヘイゼルはふたりを比べずにはいられなかった。髪や肌の色だけでなく、態度も表情もまったく違っている。

カールには少年っぽい魅力があるが、レイフは陰りのある整った風貌で周囲を完璧に支配する。レイフがより世知にたけて見えるのは、単に年齢の差だけではなく、尊大な態度も理由のひとつだった。

ヘイゼルはしとやかにカールに近づいた。「お待たせしてごめんなさい。でも、レイフがちゃんともてなしてくれたようね」確信はなかった。もしカールが気に入らなければ、きっとレイフはあからさまに態度に出してしまっただろう。

レイフが言った。「ぼくはいま来たばかりだ。ついさっきまでシーリアがここにいたんだよ」

「そう」ヘイゼルは探るようにカールに目をやったが、彼はべつに怒っているふうではなかった。今夜だけは、シーリアも礼儀正しくふるまったらしい。

カールの目がヘイゼルの全身にそそがれ、賛嘆の表情が浮かんだ。「待ったかいがあったよ」

レイフのからかうような視線を意識して、ヘイゼルの顔が赤くなった。「ありがとう、カール。じゃ、行きましょうか」

「夕食がまだだぞ、ヘイゼル」レイフがそっけなく言った。

おとなの女性に見せたいという思惑はどうやら失敗したらしい。ヘイゼルはレイフをにらんだ。「大丈夫よ、レイフ。おなかがすいていないの」

「二度も同じ言い訳が通用するとは思わないことだ。サラが心配している」

「あら、そんなはずないわ」ヘイゼルはできるだけ軽い調子でこの会話をやりすごそうとした。「四時ごろにすごくたくさん食べちゃったもの」

「サラダだけだと聞いたが」

「何も食べたくないの」嘘《うそ》だった。もうおなかがすきはじめていた。

「いいだろう」レイフが硬い口調で言った。「だが、こんなことを続けていると病気になるぞ」

「そんなに大騒ぎしないでよ、レイフ」ヘイゼルは言い返した。「行きましょう、カール」

カールはわずかに困惑した表情で答えた。「うん、行こうか」

「カール、あまり遅くならないように頼む」レイフがうつむいて葉巻に火をつけながら言った。「ヘイゼルは昨日帰国したばかりで、まだ疲れが抜けていないようだから」

「わかりました、ミスター・サヴェッジ」カールが慌てて言った。

レイフの表情は冷ややかだった。「おやすみ」

車が走りだすまで待ってから、ヘイゼルは怒りを爆発させた。「まったく無神経なんだから！　いつまでわたしを子供扱いするつもりかしら！」

カールが肩をすくめた。「べつに、ふつうの心配だと思うよ。それに、きみが疲れているのは確かだ。ぼくももっと早く気づくべきだったよ」

「あなたまでそんなこと言わないで！　わたしはなんともないんだから」ほんとうは空腹で少しめまいがしはじめていたし、この二日間ですっかり疲れきっていることも自覚していたが、レイフにそれを指摘されたくはなかった。「おまけに、早めに連れて帰れ、とあなたに言うなんて」ヘイゼルは憤慨した口調で言った。「わたしはもう子供じゃないのに」

「きみは三年もここを留守にしていたんだ。彼が少しぐらい過保護になるのはしかたがないよ」

「過保護？　違うわ。あれは横暴っていうのよ」

カールが笑った。「多少はそういうところもあるかもしれないな。でも、ぼくには彼の気持ちがわかるような気がするよ」

「わたしもぜひ理解したいものだわ」

クラブに着くと、ヘイゼルの気持ちもしだいにほぐれていった。古い知りあいに会うときに、カールのように魅力的な男性と一緒にいるのはなんだか誇らしい気分だった。トリーシャとマークのいるテーブルに、ヘイゼルたちも席を作ってもらった。

「すごくすてきよ、ヘイゼル」トリーシャが身を寄せてささやいた。

カールとマークはバーに飲み物をとりに行った。

「マークとはうまくいってるの？」ヘイゼルはきいた。「あなたも、そのドレスすごく似合ってる」

「ありがとう」トリーシャがにっこり笑った。「今日の午後、彼と泳ぎに行ったのよ。カールもあなたを連れていきたがってたんだけど、わたしが電話したら、レイフがあなたは休んでるって」

レイフはそう思っていたのかもしれない。丸太小屋に行くことは誰にも言わなかったのだから。でも、部屋にようすを見に来ることもしなかったなんて、まったく傲慢としか言いようのない態度だ！「レイフに用件は伝えたの？」

トリーシャはうなずいた。「みんなでプールに行きたいって言ったわ。そしたらレイフは、あなたの休息の邪魔をしたくないって」

「なるほどね」ヘイゼルは肩をすくめた。「ほんとうに昼寝でもしておけばよかったわ。外出にそなえて」口調は静かだが、内心はひどく腹が立っていた。これ以上レイフによけいな干渉は許さない。

「それで、これからのことは考えたの？」

「仕事を手伝ってくれって、レイフに頼まれた」

トリーシャの目が丸くなった。「シーリアはいい顔をしないでしょうね」

「いい顔をしないどころじゃないわ！」

「それでも、ここにいるのね？」

ヘイゼルはうなずいた。サヴェッジ館に――レイフと一緒にいられるなら、シーリアの侮辱にも耐えられる。

トリーシャがぎゅっとヘイゼルの手を握りしめた。

「よかった！」

「さあ、どうぞ」カールがヘイゼルの前にグラスをおいた。「踊っても大丈夫かな？」

ヘイゼルは笑って立ちあがった。「わたしは病人じゃないのよ。レイフはなんでも大げさなのよ」

カールがヘイゼルを抱きよせ、ふたりは音楽に合わせて動きはじめた。「さっきも言ったように、ぼくには彼の気持ちがわかるよ。ところで……その……きみの親戚のシーリアはすごくきれいだね」

「ええ、とても」ヘイゼルは気のない口調で答えた。

「それに、すごく愛想よく話をしてくれた」

きっと予想外の態度だったのだろう。シーリアについてあまりいい噂《うわさ》を聞いていなかったに違いない。「シーリアはその気になれば、とても魅力的にふるまえる人なの」ヘイゼルは言った。だが、それには必ず何か目的がある。カールに愛想をふりまいた目的はなんだろう？　彼はシーリアがいつもつきあっている奔放な連中とは違う。裸の日光浴のことを知ったら、彼はサラと同じぐらい驚くに違いない。

どこか少年っぽさを残したカールの顔が赤くなった。「彼女は今夜ここに来るかな？」

ひどくシーリアに興味を持っているらしいカールのようすを見て、ヘイゼルの背筋に寒気が走った。

「誘わなかったの？」

「そんなつもりはなかったよ」

「あら、誘ってみればよかったのに」ヘイゼルはかすかな皮肉をにじませて言った。「シーリアは気を悪くなんかしなかったと思うわ」デート相手の気持ちをシーリアに奪われるという事態に遭遇したのは、初めてだった。そして、それはあまり楽しい経験ではなかった。

カールの目に熱がこもった。「ほんとうにそう思う？」

「ええ、絶対よ」あんな短時間でカールを夢中にさせるなんて、きっとシーリアは最大限に魅力をふりまいたのだろう。でも、なぜ？　いつものシーリアは、邪魔者のヘイゼルの友人をかまうことはない。

「今日プールに行った」カールがあきらかに意識的に話題を変えた。「きみにも電話したんだけどね」

「トリーシャに聞いたわ」もう期待していたような楽しい一夜ではなくなっていた。レイフに冷たい態度をとられたあと、ヘイゼルは自信を回復させてくれるものを求めていた。だが、どうやらそれをカールに求めてもむだらしい。

空腹感が喉の渇きに変わり、テーブルに戻るとすぐヘイゼルはバカルディのコーラ割に手をのばした。飲み物はどんどん濃くなり、飲むペースも速くなって、十時ごろにはすっかり酔いが回っていた。アルコールに慣れていないわけではない。アメリカではジョナサンと一緒によくパーティに出たので、口にする機会も多かった。

だが、今夜は特別だった。今夜はヘイゼルの自尊心に大きな穴があいていて、アルコールがその穴を埋める手助けをしてくれた。彼女の注意を引こうとちやほやする男たちも、同じ役割をはたしていた。ヘイゼルはつぎからつぎへと相手を替えて踊りつづけ、最後にやっとまたカールのもとに戻った。

「ずいぶん楽しそうだね」カールの声は冷たかった。

ヘイゼルは陽気な笑い声をあげた。「とってもすてきな気分よ。遠くに行っていたなんて嘘みたい」

「そうみたいだね」カールがそっけなく言った。

ヘイゼルはきらきら輝く目でカールを見あげた。「まさか怒っているんじゃないわよね？　わたし、ものすごく久しぶりにみんなに会ったのよ」

「怒ってはいないさ。ただ……きみの親戚が来たよ！」カールの視線がヘイゼルの背後に向いた。

ヘイゼルはふりむきもしなかった。「あら、よかったじゃない」彼女は辛辣な口調で言った。

カールが戸惑いの表情を浮かべた。「よかったって、どういう意味だい？　またきみの注意をぼくからそらす男がひとり増えただけなのに」

「男？　どんな男？」

「もちろん、きみの親戚のレイフだよ。あのさ、いったい何が――」

「レイフって何？　なんの話をしてるの？」

カールがため息をついた。「たったいま入ってきたんだ。ものすごく魅力的な赤毛の女性と一緒に」

思わずヘイゼルはぱっとふりむいた。カールの言ったとおりだった。とてもきれいな赤毛の女性がレイフの腕にしがみついている。「まあ！」ヘイゼルはむっとして視線をそむけた。

カールがヘイゼルを見つめた。「どうかした？」

「べつに」嘘だった。「そろそろみんなのところに戻りましょう」

ふたたびヘイゼルはパーティを楽しみはじめた。にぎやかにおしゃべりし、差しだされた飲み物をすべて飲み干し――意図的にレイフを無視しつづけた。だが、ほんとうは、レイフの存在と彼の同伴者のハスキーな笑い声を痛いほど意識していた。その笑い声は、ヘイゼルの神経を不快に刺激した。

「きみは信じられないほどきれいだ」ダンスをしながら、幼なじみのピーターが言った。

ヘイゼルはほほえんで彼を見あげた。「すてきなお褒めの言葉をありがとう」

「それに、きみは変わったよ。昔は、ぼくにこんなことを言わせてくれなかった」

「それはわたしがまだ十五歳で、髪はお下げだし、歯には矯正器をつけていたからでしょう」

「それでも、ぼくにはとてもきれいに見えたよ」ピーターがヘイゼルの耳もとでささやいた。

ヘイゼルの体がぐらりと揺れた。「それは褒め言葉なのかしら?」

「もちろん」ピーターがかすれた声でささやく。

「失礼」聞き慣れた声がした。「ぼくの被後見人を少しだけ貸してもらう。友人に紹介したいんだ」

ピーターはすぐに手を放した。「お久しぶりです、ミスター・サヴェッジ。かまいませんよ、どうぞ」

「ありがとう、ピーター」レイフの力強い手がヘイゼルの腕を握った。「失礼する」

ヘイゼルは間の抜けたほほえみを顔に張りつけたまま、レイフに連れられて歩きだした。「どこへ行くの?」頭がぼんやりしていた。

「外に出てきみの頭を冷やす。こんなばかなまねをするとわかっていたら、きみを外出させはしなかった」レイフはドアを開け、冷たい夜気のなかにヘイゼルを連れだした。「よく知りもしない男に、あんなふるまいを許すとは——」

「知らない人じゃないわ。彼は——」

「ほんの顔見知り程度の男があんなふるまいにおよんだ」レイフが断固として言葉を続けた。「公衆の面前できみに抱きついたんだぞ」

「大げさな!」ヘイゼルは言い返した。「ただダンスをしていただけよ」

「ダンス! 今夜きみが一緒にここへ来た相手なら、まだましだったかもしれない。だが、まったくべつの男じゃないか」

「ダンスをしていただけよ」ヘイゼルはくり返した。

「ぼくが相手でも、あんなダンスができるか?」

レイフの言葉がヘイゼルをぞっとさせた。「ふざけないで、レイフ!」

「ふざけてなどいない。ぼくは怒っているんだ。衆人環視のなかで、きみは自分自身を辱めたんだぞ」

「そして、あなたのことも辱めたのね。ほんとうの問題はそれなんでしょう、レイフ? わたしがサヴェッジ家の名に泥を塗った。あなたはそのことに腹を立てているんでしょう？」

「そうじゃない。きみ自身のことを心配しているんだ。あんな行動をとるきみを見たのは初めてだ」

「そう？」喉がつまった。「ほんとうに？　わたしの記憶では、もっとひどい行動をとったことがあると思うけど」ヘイゼルは挑戦的に顎を突きだした。「でも、その話はしないことになっているのね？　何もなかったふりをするんでしょう」

レイフがすっと彼女から離れた。「やめろ！」

「やめろ、やめろ！　あなたはいつもそればっかり。でも、もうわたしはやめないわ！　わたしは――」

「レイフ、ここにいたのね」甘ったるい声がした。

「ずいぶん捜したわ」

ヘイゼルがふりむくと、あの赤毛の美人が立っていた。つややかにきらめく髪と完璧にメイクを施した顔。本来なら赤毛の髪に似合いそうもない鮮やかな黄色のドレスを、とてもうまく着こなしている。

不思議なことに、その女性の顔には、デート相手を奪った娘に対する敵意ではなく、親しげな好奇心とでもいうべき表情が浮かんでいた。それがヘイゼルを逆に落ち着かない気分にさせた。

レイフがにっこり笑った。好意的なほほえみだった。「ぼくの被後見人が少し気分が悪そうだから、外の空気を吸わせたほうがいいと思ってね」

大きな青い目がヘイゼルに向けられた。「まあ、なんてこと！　もう大丈夫なの？」

ヘイゼルはごくりと唾をのみこんだ。「だいぶよくなりました、ありがとうございます」ふいに酔いがさめていき、みぞおちのあたりの痛みがヘイゼルに空腹を思いださせた。

赤毛の女がほほえんだ。「わたしはジャニーン・クラークよ。よろしくね」

「ヘイゼル・スタンフォードです」

「ええ、知っているわ」ジャニーンが笑った。「レイフイフにずいぶんあなたのことを聞かされたもの」

「ほんとうに？」

ジャニーンがうなずいた。「ええ。でも、彼は、わたしのことはあなたに話していないようね」

「だけど、わたしは――」

「ジャニーンはラッセル屋敷に住んでいるんだ」唐突にレイフが言った。「いまは、あそこも見違えるほどきれいになっている」

つまり、レイフは彼女の家を訪問しているというわけね。ふたりはどれぐらい親しいのだろう？ 互いにかなり好意を持っているのは確かだ。「もう長く住んでいらっしゃるんですか？」ヘイゼルは礼儀正しくきいた。最後にヘイゼルが見たとき、ラッセル屋敷は廃屋に近い状態だった。

「一年ぐらいかしら。わたしがあの家に落ち着けるように、レイフがずいぶん手を貸してくれたの」

「では、レイフの事故のあとでいらしたのね」

「そうよ。でも、知りあったのはずいぶん前なの」

「じゃ、シーリアともお知りあい？」

ジャニーンが小さく笑った。「シーリアのほうと先に知りあったのよ。学校で一緒だったの」

「そうですか」ほかにどんな言葉を言えばいいだろう？ レイフに女友だちがいることはわかっていたけれど、ヘイゼルがそのなかのひとりに会ったのは初めてだった。ジャニーン・クラークが感じのいい女性であるという事実が、ヘイゼルは気に入らなかった。自己中心的でいやな女なら、なんの良心のとがめもおぼえずに憎むことができるのに。でも、どうやらミス・クラークはレイフの被後見人に敵対心を燃やす必要があるとは思ってもいないらしい。

「きみはもう帰ったほうがいい、ヘイゼル」レイフは穏やかな口調で言ったが、それはあきらかに命令の言葉だった。「この二日間忙しすぎたから」

「でも、まだ十時半よ。早すぎるわ」

「いや、もう帰ったほうがいい」レイフの目がきらめいた。

「いやよ！　まだ全然疲れていないもの」

「きみを疲れさせるようなことについては何も言わなくていい」

レイフの言葉にふくまれている意味を感じとって、ヘイゼルの頬は真っ赤になった。「気分の悪さならおさまったわ」

レイフがジャニーンに向かって顔をしかめてみせた。「ほらね、頑固な子だと言っただろう？」

怒りが燃えあがった。「頑固じゃないわ」ヘイゼルは必死に声を抑えて言い返した。「子供みたいに指図されたくないだけよ」

「だったら子供っぽい行動は慎むことだ」

ジャニーン・クラークが落ち着かない表情を見せた。「なかで待っていましょうか、レイフ？」

ヘイゼルはひきつったほほえみを浮かべた。「いいんです、ミス・クラーク。もう話は終わりましたから」そして彼女はさっと歩きだそうとした。

だが、ジャニーン・クラークの手がヘイゼルの腕にふれた。「待って、ミス・スタンフォード。レイフはまだ――」

レイフがそっけなく口をはさんだ。「いいんだ。ヘイゼルはよくわかっているから。気を遣う必要はないよ、ジャニーン。大丈夫だから」

ヘイゼルはにっこり笑ってみせた。目に涙がにじむ。「ええ、気を遣っていただかなくてけっこうよ、ミス・クラーク。サヴェッジ館で暮らしていると、神経が強靭《きょうじん》になるんです。そうでないと、生き残れないので」

「きみはみごとに生き残ったよ、ヘイゼル」レイフの口調には嘲笑の気配があった。

「でも、傷は残ったわ」

「戦いに傷はつきものだ」

一瞬ヘイゼルはその場にふたりきりでいるような感覚に襲われた。「傷がみんな戦いでつくとはかぎらないわ」彼女はかすれた声で言った。「それじゃ、わたしはカールを捜しに行きます」

「そして、彼に家まで送ってもらうんだ」

ひどく頭痛がして、ヘイゼルも帰りたくてたまらなかったが、レイフの言うとおりにするのはいやだった。「帰るときは自分で決めるわ」

「好きにしろ。さて、ぼくたちは帰ろうか、ジャニーン？」

「ええ」

レイフはヘイゼルに向かってそっけなく言った。「おやすみ」そして、ジャニーンの腕をとって歩きだした。

ほんとうはヘイゼルのほうが立ち去りたかったのに。もうダンスをする気分ではなくなっていた。

クラブハウスに戻ったが、カールの姿は見あたらなかった。

「カールはどこかしら？」ヘイゼルは、ちょうどテーブルに戻ってきたトリーシャとマークにきいた。

「あいつはいま――」

「バーだと思う」トリーシャがマークをさえぎった。「少し座って待っていれば、すぐ戻ってくるわよ」

ヘイゼルは腰を下ろした。だが、十分待ってもカールは戻ってこず、会話がとぎれがちになった。

ヘイゼルはふたりの顔を見くらべながらきいた。「カールはほんとうにバーに行ったの？」

「そうよ、彼は……」

トリーシャの声がとぎれた。部屋の向こう端にカールの姿が見えたのだ。彼はひとりではなかった。きらめく笑顔で見あげるシーリアに、うっとりと見とれていた。

ヘイゼルはトリーシャに非難の目を向けた。「どうして言ってくれなかったの？」

友人の顔に同情が浮かんだ。「あなたの反応がわかっていたからよ。誤解しないであげて。シーリアがここに来てカールを誘ったのよ」

「それで、彼は喜んで承諾したわけね」

「まあ、いいじゃないか」マークが軽い口調で言った。「きみだって、ずっと兄の腕にしがみついていたわけじゃないんだから」

「やめて、マーク！」トリーシャがいましめた。

「あなたにはわからないのよ」

ヘイゼルはカールたちから視線をそらした。「いいのよ、トリーシャ。マークの言うとおりだわ」彼女は痛むこめかみをもんだ。「もう一時間ぐらいカールとは話もしていなかったもの」

「問題はそういうことじゃないの。シーリアはここに入るなり、まっすぐカールのところに来たのよ」

「いつ？」

「四十分ぐらい前。あそこにいる連中と一緒に」トリーシャはバーのほうに顎をしゃくった。

バーに続くドアのあたりに十人近い数の若者がたむろして騒いでいる。年配者のなかには、トラブルを予想して帰る者も出はじめていた。

「わたし、そろそろ帰るわ」ヘイゼルは立ちあがった。「すっかり疲れちゃって」

「カールを呼んでくるよ」マークが言った。

「いいの。タクシーを拾うから」

「タクシーなんて拾えないわよ！」トリーシャの声がうわずった。「わたしたちももう帰るわ。途中でヘイゼルを降ろしてあげましょうよ、マーク」

「うん、そうしよう」

「そんなの、だめよ」ヘイゼルは抵抗した。「ひとりで帰れるわ。歩いてもいいんだし」

マークが首をふった。「そんなことはさせられない。それに、どうせ帰り道なんだから」

「わかった。ほんとうにかまわないのなら」

屋敷は闇に沈んでいて、唯一ついているのは玄関ホールの明かりだけだった。レイフはまだ帰っていないらしい。きっとまだあのきれいなジャニーンと一緒にいるのだろう。

「送ってくれてありがとう」ヘイゼルは礼を言って車から降りた。

トリーシャが車の窓を開けた。「明日電話するわ。プールに行きましょうよ」

ヘイゼルは明日タイプしなければならない手紙の量を思った。「プールはどうかしら……仕事が片づかないかもしれない。でも、一応電話してみて」

「日曜に働くつもりなの?」

「たぶん。すごくたくさん仕事があるの」

「レイフもそこまでは期待していないと思うわ」

ヘイゼルの口もとが引き締まった。「レイフがどう思っていようが、わたしは仕事をするの。じゃ、おやすみなさい、トリーシャ、マーク」

ヘイゼルは屋敷に入りたくなかった。今日一日であまりにもいろいろなことが起こりすぎて、すぐベッドに入る気にはなれなかった。ただ、空腹はこらえようがなく、彼女はキッチンに向かった。

ハムサンドを作り、ミルクを飲む。

食事をとると、ずいぶん気分がよくなったが、まだ神経がいらだっていて眠れそうになかった。ヘイゼルの頭に丸太小屋が浮かんだ。海岸を少し散歩してから、丸太小屋で夜をすごそう。

海からのそよ風がヘイゼルの頭をはっきりさせてくれた。靴を脱ぎ、温かい海水に足を浸しながら歩く。穏やかな海に反射する月の光で、あたりはとても明るかった。

今日の夜の予定は、とんでもない失敗に終わった。認めたくはなかったが、レイフの言うとおりだった。まったくばかなことをした。あんな行動をとるほど動揺したのはカールのせいではなく、今日の午後のレイフとの言い争いのせいだった。そして、夜もまた口論をしてしまった。

この村にとどまるのがいいことなのかどうか、ヘイゼルには確信が持てなかった。でも、出ていくことを考えるのもいやだった。この三年は比較的穏やかで平和な生活を送ってきたのに、イギリスに戻ってから一分たりとも平和な時間などなかった。

疲れてあくびが出た。考えるのは明日にしよう。でも、いずれは心を決めなくてはならない。それも、そう遠くない将来に。これ以上ここにとどまれば、きっと体も心もだめになってしまう。

丸太小屋のなかは暖かく、清潔なベッドが彼女を待っていた。

ベッドに入り、うとうとと眠りに落ちかけたとき、砂をきしらせて歩く足音が聞こえた。足音は小屋の裏手から表へと回ってくる。ヘイゼルは不安にかられてドアを見つめた。

いったい誰？　浮浪者だろうか？　ヘイゼルがここにいることを知っている者は誰もいない。レイフに、ひとりでここに来るときは用心しろと言われていた。なのに、いまヘイゼルは裸でベッドにいる。

ヘイゼルは上掛けを体に巻きつけ、ろうそくをともそうとマッチを手探りした。暗さのせいでよけい恐怖が増すような気がした。

マッチを擦ろうとした瞬間ドアが開いて、戸口に男のシルエットが現れた。新たな恐怖にかられ、ヘイゼルは夢中でマッチを擦って男を見た。「レイフ！」吐息とともに声が出た。「ああ、びっくりした。心臓が止まるかと思ったわ」

薄暗い明かりのなかで、レイフの顔に怒りが燃えあがるのがわかった。「びっくりするくらいなんだ！　きみみたいにばかな娘はレイプされても文句は言えないんだぞ！」

5

「レイフ！」ヘイゼルはなじるように言った。

レイフが乱暴にドアを閉めた。白のスーツと濃紺のシャツというダンスのときの服装のままだ。つまり、ジャニーンの家から戻ったばかりということなのだろう。いまは、午前一時。二時間半のあいだふたりが何をしていたかは、簡単に想像がついた。

「何がレイフだ！　きみは自分がどんな厄介事を引き起こしてるか自覚しているのか？」

ヘイゼルの目が大きくなった。「厄介事って？」

「まさにきみにしか起こせない厄介事だ」レイフは冷たく言い放つと、ベッドに歩みよった。「上掛けの下は裸だろう。隠してもむだだ！」

ヘイゼルは困惑に顔を赤くして、ますますぎゅっとシーツを握りしめた。「あなたが外に出てくれたら、服を着るわよ」

レイフが首をふった。「ぼくは出ていかない」

「でも、それじゃ、服が着られないわ」

彼は肩をすくめた。「なぜだ？　きみの裸なら、ぼくは前にも見ている。そう遠くない過去にね」

ヘイゼルは顔をそむけた。「やめて！」

「わかった。その話はしない」レイフは室内を見まわした。「掃除をしたようだな」

「それほど手はかからなかったわ。びっくりするほどきれいな状態のままだったから。ねえ、どうしてわたしを捜しに来たの？」

「きみの無事を確かめたかったからだ」

「どういうこと？」

「十一時半ごろクラブで喧嘩《けんか》があって、何人か病院に運ばれた。きみが屋敷の寝室にいなかったから、ぼくはきみも怪我《けが》をしたのかと思って病院に行ってみた。きみはいなくて、誰もきみの行方は知らないようだった。それであちこち捜しまわった。もっと早くここを調べるべきだったよ」

「でも、そんなこと……全然知らなかったわ」

レイフがベッドに座って、ヘイゼルの体を手荒く揺さぶった。「きみは周囲のことなど気にもしない。いつも自分のことしか考えずに、頭からトラブルのなかに突っこんでいく。きみを捜しまわりながら、ぼくは生きた心地がしなかった」

ふいに張りつめた静寂がふたりを包みこんだ。ヘイゼルの肌にふれるレイフの手が、焼けつくように熱く感じられる。

「その喧嘩で……誰かひどい怪我をしたの?」レイフの体があまりにも近くて、ヘイゼルはうっとりしそうになった。男らしいにおいと、いつも使っているアフターシェーブローションの香り。

「いや」レイフの声はかすれていた。「飲みすぎたせいだと思うが、どうやらシーリアの遊び仲間のひとりが行儀の悪い行動に出て、きみのカールがそれに腹を立ててシーリアを守ろうとしたらしい」レイフの唇がゆがんだ。「シーリアは一連の騒ぎをすっかりおもしろがっていたよ」

「レイフ、彼は〝わたしの〟カールじゃないわ」

「そのようだな。シーリアがまたいたずら心を起こしたんだろう」

「シーリアが悪いんじゃないわ。カールは最初から彼女にのぼせていたのよ」

「それできみは、今夜あんなきみらしくもない行動に出たんだな? 誰にでも体をさわらせて」

「さわらせたりしてないわ。ダンスをしただけよ」

「それがぼくには気に入らなかった」

「あの……気に入らなかったって?」

「そうだ」レイフの声がまた低くなった。「きみはぼくと話しあいたいと言った。ぼくもそうするべきだと思った。だから、きみの部屋に行ったんだ。この問題を解決する手段は話しあうことしかないように思えたから」

彼女は乾いた唇を舌で湿した。「何が言いたいの？」

レイフの視線がヘイゼルのむきだしの肩にそそがれ、親指がなめらかな肌を撫《な》でた。「きみを見つけたら、話しあいなどしたくなくなった。ああ、ヘイゼル、なぜきみは帰ってきたんだ？」

「言ったでしょう、帰らずにはいられなかったからよ」ほんとうだった。シーリアから電報が来なくても、いずれヘイゼルはここに戻ってきただろう。

「わかっている」彼はうめくように言った。「ある意味では、ぼくはきみが帰ったことを喜んでいる。だが、きみにふれずにいることが難しいんだ」

そう言いながら、レイフの手は彼女の体にふれつづけ、痛いほどの快感を送りこんでいた。「じゃ、そんな努力はやめればいいのよ！」ヘイゼルの目が懇願を浮かべてレイフを見つめた。

レイフの顔が近づいたと思うと、彼は荒々しくヘイゼルの唇を奪いながら彼女をベッドに倒した。

ふくらんでいた緊張感がいっきにはじけた。ヘイゼルが待っていたのは、この瞬間だった。彼女はレイフの首に両手をかけた。

大きく開いたヘイゼルの唇をレイフの唇がおおい、魔法をかけていく。体を這《は》う彼の手に快感をかきたてられ、ヘイゼルは無意識に彼の名を呼んだ。

彼の唇が首筋に向かうと、ヘイゼルの口から熱い快感のあえぎ声がもれた。「きみが欲しかったのはこれだろう？」かすれたレイフの声が言った。「そして、自分がいまもぼくの欲望を目ざめさせられるという確信が欲しかったんだろう？　そうさ、そのとおりだ」彼は苦々しい笑い声をあげた。「これでわかっただろう」

ヘイゼルは話などしたくなかった。ただ彼に愛されたかった。彼女は羽根のように軽いキスを何度もレイフの顔に浴びせたが、裸の自分を強く意識せずにはいられなくて、ろうそくの火を吹き消した。

その瞬間、レイフがさっとヘイゼルから離れた。

「なぜ消す？」怒りをふくんだ声だった。

「明るくて……恥ずかしいからよ」

「恥ずかしい？」冷酷な声でくり返すと、彼はマッチを擦ってふたたびろうそくに火をつけた。「前のときは恥ずかしがったりしなかった」

ヘイゼルの息がつまった。「あのときは、自分が何をしているかわからなくなっていたのよ」

「そうだな。酔っていたからな。だが、ぼくに体を差しだせないほどではなかった」彼の唇が嘲笑にゆがんだ。「きみの望みは、あのときとそっくり同じ行為をくり返すことなんだろう？」

「違うわ、わたしは――」

「否定してもむだだ、ヘイゼル。だが、あのときと同じにはならないと、これでわかっただろう。たとえ明かりを消しても、火傷《やけど》の跡は消えない。そして、ここにふたりきりでいてはいけないという事実も変わらない。ぼくがなぜきみを遠ざけたと思っているんだ？　戻ってきたきみと前の続きを始めるためではないことは確かだ」

「わたしを……遠ざけた？」信じられない言葉だった。

レイフの唇にゆがんだ笑みが浮かんだ。「きみをここにおくわけにはいかなかった。あんなことがあったあとでは」

「だから、わたしを追いはらったというわけね」

「追いはらうのが目的だったわけじゃない。問題は、同じことがくり返される可能性があるということだった――いまみたいに」

「まったく同じじゃないわ」

「そうだな」レイフの指が頬の火傷の跡を撫でた。

「だが、それは単にこれのせいだ」

「どういう意味？」

「いまぼくたちが抱きあっていないのは、きみがいまのぼくの顔に耐えられないからだってことさ」とげとげしい口調だった。

ヘイゼルは思わず息をのんだ。「違うわ！」

「違う？」レイフが眉を上げた。「そうか。では単に、かつてぼくたちのあいだにあった感情が、いまはもうないということだ。きみが自分の心にどんなに嘘《うそ》をつこうと、ほんとうの理由はちゃんとわかっている。そろそろぼくはきみの視界から姿を消すよ。きみは一時間以内に屋敷に戻れ」

「そんな――」

「一時間だ、ヘイゼル」断固としてくり返すと、レイフは荒っぽくドアを閉めて出ていった。


ヘイゼルはどさりとベッドに身を投げだした。頬を涙が伝った。ふたりのあいだの緊張感がいつかははじけるだろうとわかっていたが、まさかこんな悲惨な結末を迎えるとは予想していなかった。しかもレイフは、三年前ヘイゼルを遠ざけたと言った！

アメリカ行きは自分で決心したことだと、ずっとヘイゼルは思いこんでいた。でも、どうやら間違っていたらしい。思い返してみれば、アメリカ行きは、ヘイゼルがさほど奮闘する暇もないうちにずいぶんあっさり決まった。そこへ来て、レイフとジョナサンが知りあいだという事実。つまり、レイフの言葉どおり、すべては彼の思惑だったのだ。

だが、レイフを責める気にはなれなかった。当時ふたりのあいだには緊張感が張りつめていた。そしてある夜、ちょうど今夜と同じようにその緊張感がはじけたのだ。けれど、結果は今夜とはまったく違っていた。

十八歳の誕生日。ヘイゼルは飲みすぎて浮かれた気分になり、レイフに見せつけるように、誰彼かまわず男の子と踊り、じゃれあった。レイフはだんだん機嫌が悪くなり、とうとうパーティの場から彼女を引きずりだして部屋に送りこんだ。

それでもヘイゼルは気分が高ぶって眠る気になれず、こっそり屋敷を出て丸太小屋に来た。そこへ怒り狂ったレイフが飛びこんできたのだ。

そのあとのできごとは、ヘイゼルの人生にとって最高に感動的な経験だった。レイフはヘイゼルの全身を愛撫《あいぶ》し、歓喜の極みへと彼女を導いた。

そのときはなんの罪悪感もなく、朝まで彼の腕のなかですごした。でも、朝の訪れとともにふたりは現実に引き戻され、その後の数週間ふたりのあいだには友情さえも存在しなくなったように感じられた。レイフは家を出るという彼女に反対しなかった。

その理由が、いまわかった。レイフはヘイゼルを追いはらいたかったのだ。彼は、あの夜のできごとは、すべてヘイゼルのせいだと思っている。でも、ヘイゼルは責任はふたりにあるとずっと思っていた。誘ったのはたしかにヘイゼルかもしれないけれど、レイフだって少しも抵抗しなかったのだから。

それでも、とにかくいまは屋敷に戻らなくてはならない。もう三十分もむだにしてしまった。ヘイゼルは急いで服を着て屋敷に戻り、部屋に入った。

翌日の朝食には、シーリアもレイフも姿を見せなかった。

サラが食事の世話をしながら、昨日の夕食をとらなかったことでヘイゼルを叱った。ヘイゼルはいつものように笑い、冗談を言おうと努力したが、今朝の彼女は平常心とはほど遠い気分だった。午前中は書斎で仕事をしようと決めた理由の一端には、それもあった。書斎に閉じこもっていれば、誰とも会わずにすむだろう。

　だが、十時半ごろになると、シーリアがりんごをかじりながらぶらぶらと書斎に入ってきて、デスクに寄りかかった。「おはよう。ご機嫌いかが?」

「とても元気よ」ヘイゼルはとりすました顔で答えた。「あなたには尋ねないほうがいいかしら?」

「わたし?　わたしには何も問題はないわ」

「ええ、そうよね、もちろん。喧嘩したのはあなたじゃないもの」

　シーリアが笑った。「そうよ。喧嘩したのはあなたのカール。ものすごくすてきだったわよ。まるで怒った子供みたいに、必死でわたしを守ろうとしてくれたの」

「それで、その努力の報酬に怪我をした」

「あら、怪我なんてしてないわ」シーリアはりんごをかじりながらデスクの後ろに回りこんで、ヘイゼルの仕事をのぞきこんだ。だが、すぐに興味のない顔で視線をそらした。「病院に運ばれたのはわたしの遊び仲間の三人。カールはたぶんいくつか打ち身ができただけで、もう家に帰っているはずよ」

「カールがほんとうに大丈夫かどうか、確かめる気はないのね?」

「どうして、わたしがそんなことをしなくちゃいけないの?」

　ヘイゼルは嫌悪の表情で首をふった。「あなたを守るために怪我をしたんでしょう」

「わたしの名誉を守るためにね」シーリアが皮肉っぽく言った。「べつに守ってもらうほどのことなんてないのに、彼は気づいてないみたい。でも、彼を幻滅させたくないから、電話でもしてみるわ」

「よほどのことがないかぎり、きっと幻滅なんてしないわ。すっかり目がくらんでいるみたいだもの」

　シーリアが満足げにほほえんだ。「ええ、そうね。それで、あなたは腹を立てているんでしょう、ヘイゼル？　違う？」

ヘイゼルはタイプの終わった返信に目をとおして間違いがないか確かめた。そして、視線を上げずに言った。「全然。腹を立てなくてはいけないの？」

シーリアが肩をすくめた。「べつに。わたしね、あなたのカールがとても気に入っているの。これまでわたしの周囲にはいなかったタイプ。強くて寡黙な男と一緒にいるのって、すごくわくわくするわ」

「わくわくしなくなったら、あっさり捨てるのね」

シーリアがあくびをした。「それはまだだいぶ先よ。彼って、すごく男らしいの。わたし、午前三時にやっと家に帰ってきたのよ」

嫌悪にヘイゼルの唇がゆがんだ。「誘惑に成功したことを自慢せずにはいられないわけ？」

「自慢なんかしてないわ、ヘイゼル。ただ推薦してあげてるだけ。わたしがいらなくなったあと、あなたが彼を欲しがるかもしれないと思って」

ヘイゼルの体が震えた。「出ていって。吐き気がする」

「そのすました態度こそ、吐き気がするわ。自分は男に抱かれたいなんて思っていないような顔して。わたしはちゃんと知ってるんだから」

「そうだとしても、あなたとそのことについて話しあいたくはないわ」

シーリアはドアに向かいながら、りんごの芯をごみ箱に投げ捨てた。「そんなところだと思ってたわ。あなたは上品ぶるのが好きだもの」

甲高い笑い声を残して、シーリアは出ていった。なんてひどい女だろう！　知りあって数時間で男とベッドをともにするなんて、軽はずみにもほどがある。しかもカールに対して、ひとかけらの愛情も持っていない。

ヘイゼルとレイフの関係は、それとはまるで違う。彼女は愛する男性にたった一度だけ体を許した。そう、ヘイゼルは彼を愛していた。でも、彼がけっして自分のものにならないこともわかっていた。

ベッドをともにした翌日、レイフがはっきりそう宣言した。昨夜のことは、お酒のせいで起きた過ちだと言ったのだ。ヘイゼルはショックを受けた。酔っぱらったせいなどではなかった。ずっと彼を愛しつづけてきたから、彼に抱かれたのに。

「何を考えている？」

レイフの声に驚いて、ヘイゼルは顔を上げた。彼は、ヘイゼルが油断しているときにかぎって姿を現すようだ。彼女は首をふった。「べつに」

「そうか」レイフはデスクに近づいた。「じゃ、シーリアがきみに話したこととは関係ないんだな？」

「シーリアが言ったこと？」

「きみが友人のカールを心配していたから、大丈夫だと言って安心させてやったとシーリアが言っていた。それで、きみがゆうべのクラブでの喧嘩のことを気にしているのかと思ったんだ」レイフはデスクの端に軽く腰をかけてヘイゼルを見おろした。

ヘイゼルは開いたブラウスの胸もとが気になった。呼吸につれて胸が上下するのがわかる。レイフが近くに来たことに動揺し、呼吸が苦しくなっていた。

顔を上げて彼の青い目をのぞきこむと呼吸が止まりそうになり、ヘイゼルは慌てて顔をそむけた。

「わたしは心配していないけど、シーリアは心配してあげてもいいんじゃないかと思っただけよ」

「シーリアは心配しているよ。いまごろ彼に電話をかけているはずだ」

さっきヘイゼルが言わなければ、シーリアは電話することなど考えもしなかっただろう。でも、ヘイゼルはそれをレイフに告げようとは思わなかった。

「そう」彼女は唇を噛《か》んだ。

「ゆうべは遅くまで部屋の明かりがついていた。眠れなかったのか？」

「どうして明かりがついていたと知っているの？」

「きみが帰ってきたとき、ぼくはまだ書斎にいた。そして、ぼくが部屋に戻るとき、きみの部屋に明かりがついているのが見えた」

ヘイゼルはふたたび彼を見あげた。「でも、あなたの部屋はずいぶん離れてるわ」

レイフがからかうように眉を上げた。「途中でやめた行為を続けたくて、きみの部屋に行ったのかもしれない」

「でも、来なかったわ」

レイフは冷たい笑い声をあげた。「そう、行かなかった。もし行っていれば、間違いなく続きが始まっていただろう。だが、ぼくはもうあんなことをくり返したくない。理性的に話しあって、二度とああいうことが起きないようにしておきたい」

「でも、きっとまた起きるわ」ヘイゼルは静かに言った。「わたしたちのあいだに存在しているものに、あなたもわたしもちゃんと気づいている」

「ぼくたちのあいだにあるのはただの体の欲望だ。それ以外の何かが存在しているなら、一年前きみはぼくを心配して飛んで帰ってきたはずだ」レイフの目は冷たかった。

「それは、だって――」

「それに、もしぼくがきみを愛しているなら、三年前にきみを出ていかせはしなかっただろう」残酷な言葉だった。「きみがいなくなることに耐えられなかっただろう」

ヘイゼルは下唇を噛んだ。追いはらわれたとわかったときの心の傷は、いまも生々しい。「でも、事故のあと、あなたはわたしを呼んでくれと頼んだでしょう。ジェームズがそう言ってたわ」

「それがなんの証拠になる？　きみは家族の一員だし、ぼくはあのとき幻覚のなかにいた。ぼくの頭のなかにあったのは、恥ずかしがりやの十歳の女の子の姿かもしれない。ぼくのベッドから出ていきたがらない十八歳のふしだらな娘じゃなくて」

「レイフ！」ヘイゼルの茶色の目に苦悩がにじんだ。「なぜ真実から目をそむける？　あの一夜はほんとうにすばらしいものだった。きっとそれが悪かったんだ。不快な経験だったなら、さっさと忘れられただろうに」彼の口からため息がもれた。「あまりにすばらしすぎて、忘れることができなかった」

ヘイゼルの口もとがゆがんだ。「わたしにはわからないわ。比較できる経験がないから」

「信用できないね。昨日きみは、ジョシュの子供を妊娠しているかもしれないと言ったじゃないか」

「嘘をついたの」

「嘘をつく理由などなかったはずだ」

あったわ、りっぱな理由が。ヘイゼルはレイフを傷つけたかった。そして彼の反応を試したかったのだ。ただ、彼の示した反応が、ヘイゼルの期待していたものではなかったというだけだ。「あなたのせいでわたしが奔放な生活を送るようになったと思って、気にしているの？」

レイフの青い目はガラス玉のように冷たかった。

「違うよ、ヘイゼル。ああいう事態を招いた責任はきみ自身にあった。男の忍耐には限界がある。きみに関するかぎり、ぼくはずいぶん我慢した。きみはずっとぼくの気を惹《ひ》こうとしていた。あの夜のきみの行動が、ぼくに我慢の限界を超えさせたんだ」

ヘイゼルにとっても、あの夜が限界だった。あの夜以来、彼女はレイフ以外の男性を愛せなくなった。彼以外のどんな男のキスも愛撫も、体の関係を持ちたい気持ちにはさせてくれなかった。レイフが信じようと信じまいと、ヘイゼルは彼以外の男性に一度も体を許してはいなかった。

ヘイゼルは書きかけの返信に気をとられているふりをした。「そう大げさに考えないでよ、レイフ。

誰だって、初めてのときはあるんだから。わたしは、あなたがとても経験豊かだったことに感謝しているぐらいなの」彼女は甲高い笑い声をあげた。「わたしと同じく何も知らない男が相手だったら、どんなことになっていたか！」

レイフの表情は陰鬱だった。「心にもないことを言うのはやめろ、ヘイゼル」

ヘイゼルは刺すような目で彼を見あげた。「そっちこそ、三年も前のできごとについていまさら騒ぎたてるのはやめて！　あとの処置に困るような問題が起きなかったことに感謝すればいいのよ」

「処置に困る――？」そう言いかけて、レイフはヘイゼルの言葉の意味に気づいた。「それについては、きみをアメリカに行かせる前に確かめた」

「もし、あのときわたしが妊娠していたら、あなたはどうしていた？」

レイフはデスクから離れた。「結婚していただろう」

思ったとおりだ。だから、ヘイゼルは自分が妊娠していることを祈った。だが、願いはかなえられず、レイフは彼女を屋敷から追いはらった。

ヘイゼルはむりに明るくほほえんだ。「じゃ、お互いに感謝しなくては。わたしたちが結婚するなんて最悪だもの」

「たしかにそうだな」レイフはヘイゼルのしあげた仕事に目をやった。「今日こんなことをする必要はない。ぼくでさえ日曜は休む。きみはこの二日間ひどく忙しくすごしたんだから、少しのんびりしたほうがいい。長時間の飛行機の旅をあまり軽く考えてはいけない。ここは片づけてビーチに行けばいい」

「相変わらずの独裁者ぶりね。わたしは長時間のフライトなんて平気なの。わたしのほうがあなたよりずっと若いってこと、忘れているようね、レイフ」

「十八歳の差があるということか」レイフがどこか

ぼんやりした口調で言った。「さてと、悪いが、ぼくは外で昼食をとるよ」

「ミス・クラークのところ？」

「正確にはミセスだ。そう、行き先はそこだ」

「結婚しているの？」

「離婚した。五年前に」

「とてもいい人みたいね」

「そうだな。だが、ヘイゼル、お互いにプライベートな部分には踏みこまないほうがいいと思う。ジャニーンがいい人であろうとなかろうと、きみには関係のないことだ」

でも、関係あるわ！　いい人じゃないほうがいい。できれば嫌いになりたい。「それがあなたの望みなら」

レイフがうなずいた。「それが最善だと思う」

彼女はため息をついた。「いってらっしゃい」

シーリアも外出したらしく、昼食の席についたのはヘイゼルひとりだった。

サラが給仕をしながら話しかけた。「これでやっと旦那様も身を固めるかもしれませんね」

デザートを食べていたヘイゼルのスプーンが止まった。「どういうこと？」

「ミセス・クラークですよ。とってもすてきな方で、旦那様も気に入っておいでのようです。しょっちゅうお訪ねになっていますから」

ヘイゼルにとって、あまりうれしいニュースではなかった。「そうなの？」

サラの顔がほころんだ。「ええ。事故のとき、ほんとうに旦那様の力になってくださったんですよ。それ以来ずっとおつきあいが続いているんです」

「あの人とシーリアは同級生だったと聞いたわ」

「ええ。お嬢様がいらっしゃる前、ミス・ジャニーンは何度かこの屋敷にお見えになりました。でも、シーリア様とはだんだん疎遠になられたようで」

きっとシーリアがあまり性格がよくないとわかったからだろう。「そういうことって、よくあるわね」

ヘイゼルは立ちあがった。「ごちそうさま。おいしかったわ、サラ」

「お仕事は明日にしたらどうですか？　外はとってもいい天気ですよ」サラが言った。

ヘイゼルは窓の外に目をやった。真っ青な空に、日がまぶしく輝いている。「ほんとうにいい天気」しぶしぶ彼女は認めた。「泳ぎに行くのもいいわね」

十分後にトリーシャから電話が入り、クラブのプールで落ちあうことになった。

ヘイゼルがプールサイドに行くと、黄色みをおびたピンクのビキニを着たトリーシャがほほえんだ。

「もう仕事は終わったの？」

「まだだけど、明日でいいの。マークはどこ？」

「プールのなかよ。その……カールも来てるわ」

「あら、そう？」

「ええ。目のまわりにみごとな黒いあざができてるけどね」

ヘイゼルは笑った。「侮辱された女性を守るためだからしかたないわね！」

「シーリアは侮辱されてもしかたない人だと思うけど。さあ、着替えていらっしゃいよ」

「そうするわ。すぐ来る」

カールに会うのは気まずかったが、いずれは顔を合わせなくてはならないとわかっていた。

そして、実際、そう深刻な再会にはならずにすんだ。ヘイゼルがプールサイドに戻ったときには、もうカールはトリーシャたちと一緒に座っていて、その目のまわりの紫と黒のあざを見て、ヘイゼルは笑いださずにはいられなかったのだ。

「いいよ、いいよ」ヘイゼルの笑った顔を見て、マークも笑った。「好きなだけ笑えばいいさ。でも、相手の顔もきみに見せてやりたかったな」

ヘイゼルも腰を下ろした。「レイフに聞いたわ」

「きみの後見人の？　そうか、きっとシーリアが彼に話したんだな」

「そうじゃなくて、レイフはたまたま目にしたみたい。ねえ、泳ぎましょうよ」

「喜んで！」

水は温かくて心地よく、カールは一緒にいて楽しい男性だった。たとえ、彼が好きなのはシーリアでも。カールとふざけあっていたとき、プールサイドを歩くレイフとジャニーンの姿が目に入った。レイフの手はジャニーンの肘にそえられていた。

ふいに青ざめたヘイゼルを見て、カールが声をかけた。「どうかした？」

「いいえ」笑いかけたまま息が止まっていた。「あの……もう上がるわ。あなたはまだ泳ぐ？」

「もう少しだけ」

「じゃ、またあとで」ヘイゼルはゆっくりとプールの端まで泳ぎ、水から出た。なんだか妙な気分だった。頭がふらふらする。ひょっとしたらレイフの言うとおり、むりをしすぎたのかもしれない。

レイフとジャニーンの座ったテーブルには、背の高いグラスがおかれていた。ジャニーンが前かがみになってレイフの腕に手をおくのが見えた。レイフはにっこり笑ってその手に自分の手を重ねてから、すっと持ちあげて手のひらに唇をつけた。

ナイフで刺されたような衝撃に襲われて、ヘイゼルは顔をそむけた。涙があふれだす。目の前にあった椅子が見えずにつまずいて足をとられ、彼女はぶざまに倒れこんだ。堅いコンクリートで頭を打ち、強烈な痛みに声をあげたあと、ふいに視界が真っ暗になった。

6

意識が戻ったとき、ヘイゼルの耳に人々のざわめきが聞こえた。目を開くと、いくつもの顔が彼女をのぞきこんでいたが、どの顔にも見覚えがなく、涙があふれてきた。

「どいてくれ！」低い声が聞こえた。「頼むから、通してくれ！」

人々の輪が割れて、すさまじい形相のレイフがヘイゼルの上にかがみこんだ。「大丈夫か？」

「ああ、レイフ！」泣きながら、ヘイゼルは彼にしがみつき、彼の首筋に顔をうずめた。「レイフ」

周囲の人々の視線も意に介さず、レイフはヘイゼルを荒々しく抱きしめた。「いったい何があった？急に倒れたのしか見えなかったが」

「椅子につまずいたの」

彼はヘイゼルのこめかみをおおっていた髪を後ろに撫《な》でつけた。「病院に運ぶ」すでにこめかみは、内出血で黒ずみはじめていた。

「いやよ、レイフ。病院には行きたくない」

「いや、行くんだ」レイフは断固として言い、そばにいた女性に車のキーを渡した。「車のドアを開けておいてくれ、ジャニーン。このばかな子供に治療を受けさせなくてはならない」

彼のいらだたしげな口調に、ヘイゼルの体がこわばった。彼女はレイフから身を引き離そうともがいた。「放して！」

「だめだ」レイフはヘイゼルを抱きあげ、駐車場に向かって歩きだした。「おとなしくしていろ」

ずきずきする頭の痛みを無視して、ヘイゼルは言った。「自分で歩けるわ」

「歩けるかもしれないし、歩けないかもしれない。だが、それを試してみることは許さない。問題をよけいに難しくするのはやめろ。ついさっきは、自分からぼくにしがみついてきたくせに」レイフの青い目がからかうようにきらめいた。

ヘイゼルは視線をそらした。「すごく怖かったんですもの。でも、もう大丈夫」

ジャニーンが車のドアを開けて待っていた。レイフは彼女に感謝のほほえみを向けてから、ヘイゼルを後部座席に下ろした。「判断は医者にまかせよう。いまは横になって静かにするんだ。いい子だから」

あとを追ってきたトリーシャが息を切らせながらきいた。「大丈夫かしら?」

「ちゃんと受け答えしているから、おそらく大丈夫だろう。病院から戻ったら連絡するよ」

「待ってます」車が走りだすと、トリーシャが後部座席のヘイゼルに手をふった。

ヘイゼルはなんとか上半身を起こして座席に座った。「どうしてこんなに大騒ぎをするのかわからないわ——わたしはほんとうに大丈夫なのに」ただ頭がずきずきするから、目を閉じたくなるだけ!

助手席のジャニーンがふりむいた。「とにかくお医者様に診てもらったほうがいいと思うわ。念のために」彼女は優しく言った。

レイフが前方に視線を向けたまま、厳しい口調で言った。「迷う余地などない。ああいう転び方をしたときは医者に診てもらうのが常識だ」

ヘイゼルは痛むこめかみに手を当てた。「いまは常識なんてどうでもいい気分だわ」

ジャニーンがヘイゼルの手をぎゅっと握って励ますようにほほえんだ。「そうよ、気にしなくていいの。レイフ、あなたの言い方は少し厳しすぎるわ」

「この子は恐ろしく頑固だから、厳しく言って聞かせる必要があるんだ」

「レイフ！　少しはヘイゼルに同情してあげてもいいんじゃない？」

レイフが喉の奥で笑い声をあげた。「彼女にかぎって、その必要はない」

ヘイゼルは誰かの肩にすがりついて泣きたくなった。レイフはあくまで厳しく、ヘイゼルに同情してくれるのは、彼が結婚しようとしている女性ひとりだけ。なんて惨めで、腹立たしい状況だろう！

病院に到着しても、ヘイゼルの惨めさがましになったわけではなかった。またしてもレイフに抱きあげられて救急治療室に向かうあいだ、ビキニしかつけていない肌に彼の手がひどく熱く感じられた。

「この借りはかならず返すわ」ヘイゼルは彼の首に腕を回してささやいた。ジャニーンは車を停《と》めるために駐車場に残っていた。

レイフの青い目がきらりと光ってヘイゼルを見おろした。「どうやって？」彼はおもしろそうにきいた。「またぼくのベッドに蛙《かえる》を入れるか？」

十一歳のときの子供っぽい復讐《ふくしゅう》とレイフの怒りを思いだして、ヘイゼルの顔が赤くなった。おもしろ半分にした行為だったのだが、残念ながらレイフは少しもおもしろいとは思わなかったらしく、彼女はお尻を数回たたかれる罰をくらったのだった。

「蛙は入れない。でも、何か方法を考えだすわ」

レイフがあきれたように首をふった。「きみはまだおとなになっていないようだな、ヘイゼル。頭を打った後遺症が出るかもしれないのに、きみが気にしているのは、病院に連れてきたぼくに仕返しをすることだけか。まったく、ばかげてる」

「あなたは横暴だわ！」

レイフは笑った。「ずっとそうだったさ」

「ええ、そうね。それもあなたを大嫌いになった理由のひとつよ」

「残りの理由もぜひ聞きたいものだ。だが、いまは時間がない」

「リストを作って、今度教えてあげるわ」

「楽しみにしているよ」レイフはヘイゼルを椅子に下ろした。「ここで待っていろ。人を呼んでくる」

ヘイゼルの顔がゆがんだ。「どこかに行きたい気分じゃないわ」

レイフの目がからかうように光った。「きみの行動は予測がつかないからな。戻ってきたら、きみがいないことだって充分にありうる」

「あなたのガールフレンドがちゃんと見張ってるでしょうよ。あの人は、あなたに言われたことはなんでもやりそうだもの」

レイフがかがみこんだ。唇はかすかにほほえんでいたが、目は石のように冷たく、怒りがはっきりと浮かんでいた。「そのとおりだ。彼女はきみとは正反対なんだ。だから、きっとぼくは彼女のことがすごく好きなんだよ」

ヘイゼルはレイフをにらみつけた。「あなたなんか大嫌い！」

「それはどうかな」彼の口調は陰鬱だった。「だが、ほんとうに嫌いになってくれたらうれしいね。おとなになりきれないきみの状態には、もううんざりだ。きみは後見人のぼくを慕う子供のころの感情を残したままで、いっぽうでは女としてぼくにかきたてられる感情を憎んでいる」

「どうしてそんなことを――」

そこへジャニーンがやってきた。「遅くなってごめんなさい。駐車するのに手間どって。もう診察をお願いしたの？」

「いや、まだだ。いまから頼んでくる」

日曜日なのでスタッフの数が少ない。レイフが呼び出しのベルを鳴らそうとしたとき、スイングドアを開けて若い医師が姿を現した。

「レイフ！」彼はレイフの背中をたたいた。「久しぶりだな。どこか具合が悪いのか？」

「いや、ぼくは元気だ。今日はこの子を診てもらいたいんだ。ちょっとした事故に遭ってね」

医師はヘイゼルに歩みよった。「かなりひどい打ち身だな。ぼくはドクター・バインです。診察室でちゃんと診察しましょう」

ヘイゼルはほほえんだ。「ありがとう」

診察中はビキニ姿が気になってしかたがなかった。レイフがじっと見ているので、よけいに落ち着かない。ジャニーンは待合室に残っていた。

「何か羽織るものを持ってくるべきだったな」レイフがぶっきらぼうに言った。

ヘイゼルが診察台に横たわってこめかみの傷を診てもらっていたときだった。「さっきまではヒーローを気どるのに忙しくて思いつかなかったのね」

レイフは動じなかった。「デイヴィッド、ヘイゼルの口の悪さを許してやってくれ。この子は診察なんか必要ないと言い張って、ぼくがここに連れてきたことを怒っているんだ」

「連れてきて正解だよ」医師は言った。「レントゲンを撮りましょう、ミス・スタンフォード。そのあと二日ほど入院してもらって経過を観察します」

「そんな！　レイフ、お願い、入院はいやよ」

「どうしても入院する必要があるのか、デイヴィッド？　屋敷で安静にさせておくと保証するよ」

「そうだな――」バインはためらいを見せた。「ふつうは入院してもらうんだが」

「今回だけは例外を認めてくれないか。ヘイゼルはあつかいにくい患者になると思う。自分の好きなようにしないと気がすまないんだ。いや、そうか、考えてみれば、入院させてもらったほうがいいかもしれないな」レイフはにやりと笑った。「そうすれば、少なくともわが家は平和になる」

「レイフ！」ヘイゼルは声を荒らげた。

医師は笑った。「レントゲンで骨に異常がないとわかれば、帰宅を許可してもいいだろう。だが、今後二日間は誰かがついている必要がある」

「ぼくが自分でちゃんとそばについている」

ヘイゼルの顔が赤くなった。「それなら入院するほうがましだわ」本心ではなかった。これから二日間、昼も夜もレイフに世話されてすごしたかった。レイフの目の光で、彼がそんなヘイゼルの気持ちを見抜いていることがわかった。

「どうやらきみの言うとおりらしい」医師はおどけた口調でレイフに言い、隣の部屋から車椅子を押してきた。「さあ、これに座って」

「何か羽織るものはありませんか？　この格好で病院にいるのはなんだか変な気がして」

デイヴィッドの茶色の目がヘイゼルを見おろした。

「全然変じゃないけどな」

「バスローブか何かないのか、デイヴィッド？」

レイフの厳しい口調に驚いたように、医師は彼をふり返った。「探してみるよ」

医師が出ていくや、レイフが嚙《か》みつくように言った。「きみはどうしても自分の体をこれ見よがしにひけらかさずにはいられないのか？　デイヴィッドはきみから目を離せなくなっていたぞ」

「あなたが羽織るものを忘れたのはわたしのせいじゃないわ」

「おい、いいかげんにしないと――」レイフが威嚇するように一歩ヘイゼルに近づいた。

「はい、どうぞ」デイヴィッド・バインが縞柄《しまがら》のバスローブを持って戻ってきた。ヘイゼルが顔をしかめるのを見て、彼はほほえんだ。「申し訳ない。こんなものしかなくて」

レイフがひったくるようにバスローブをとってヘイゼルの肩にかけた。「羽織れればなんでもいい」すみやかにレントゲン撮影が行われ、十分とたたずに結果が出た。

バイン医師は慎重にレントゲン写真をチェックした。「ふむ。どうやら骨に異常はないようだな」

「じゃ、これで帰宅できるな。そして、ベッドに直行だ」レイフが言った。

ヘイゼルは医師に向かってほほえんだ。「いろいろとありがとうございました」

「どういたしまして」医師もほほえみ返し、錠剤と水を差しだした。「はい、これをのんで。明日ひどい頭痛がしたら、この瓶の錠剤を二錠のむこと。あなたはぼくの退屈な一日を華やかにしてくれましたよ。今日はあなたを入れてふたりしか診察していないから」

「でも、それって、いいことでしょう?」言われたとおりに、ヘイゼルは錠剤をのんだ。

「いいことですが、退屈です。それはそうと、レイフ、そろそろきみも検査を受ける時期だぞ」

レイフが黒い髪をかきあげた。「時間がとれないんだ。検査はほとんど丸一日つぶれるからな」

「検査って、なんのこと?」

「レイフの腰骨は修復できる可能性があるんですよ。ただ、適切な時期を見きわめる必要があって」医師が説明した。

「それって、すごく大事なことじゃない。時間なんていくらでも見つけられるはずよ、レイフ」

「忘れろ、ヘイゼル。きみに口を出してほしいときは、ぼくからそう言う」

レイフの口調に、医師の顔が上気した。「予約を入れるべきだと思うよ、レイフ。ぼくたちは、きみの健康状態がよくなるのを待っていたんだから」

レイフはいらだたしげに顔をそむけた。「腰骨の修復には何カ月もかかるかもしれないだろう」

「痛みに耐えるよりはいいでしょう?」ヘイゼルは口をはさんだ。

医師の目が鋭くなった。「痛みがあるのか？」

「少しね」レイフはしぶしぶ認めた。

「すごく、よ」ヘイゼルはきっぱりと言った。

バイン医師の表情が険しくなった。「痛みがひどくなったら受診するようにと言ったはずだ。いますぐ手術するほうがいいかもしれない。ずいぶん熱心に仕事をしているようだから、手術に必要な体力は充分にあるだろう」

「そして、手術が失敗する可能性もあるんだろう？それはいやだ。いまのままのほうがましだ」

「だが、いつまでもいまのままでいられるわけじゃない。これからどんどん悪化していくんだぞ。最初の入院のときに腰の手術をしなかったのは、ほかの怪我《けが》がひどかったからだ。大手術に耐えられるだけの体力がないと判断したからなんだ」

「それで、いまなら耐えられると思うのか？」

医師はうなずいた。「きみがその気になれば」

青い目が細くなった。「どういう意味だ？」

「前に入院したとき、きみはあまり怪我と闘おうとする意志を持っていなかった」

「ぼくはちゃんと生き抜いたぞ！」

「それはきみが望んだからではなく、単に医者のぼくたちがきみを死なせなかったからだ」医師はレイフの怒りにも動じずに応じた。

ヘイゼルは自分の耳が信じられなかった。強靭《きょうじん》でたくましいレイフが死を望んだなんて。でも、どうして？　死を望む理由など何もないのに。

レイフの顔がゆがんだ。「ぼくの状態がましになるときみが思う根拠はなんだ？」

「いいか、レイフ、痛みが出るのは悪化の前触れなんだ。手術をすれば、悪化を止めることができる」

「だが、止めるどころか、もっと悪化させる場合もあるんだろう！　いまは放っておいてくれ、デイヴィッド。もう少し考えさせてくれ」

「あまり余裕はないぞ。長く放っておけばおくほど、手術の成功の確率は低くなるし、へたをすれば手術そのものができなくなる可能性もある」

「考えておくよ」レイフはくり返した。「いまはとにかくヘイゼルを連れて帰りたい」

「いいだろう。彼女から目を離さないように」

「そうするよ。駐車場までこの車椅子を借りてもいいかな？　どういうわけか、ヘイゼルはぼくに運ばれるのが好きじゃないらしいんだ」

「それはぼくも薦めないな。腰に負担がかかる」

「この子を無事に車におさめたら、返しに来るよ」

ヘイゼルはレイフをにらんだ。「厄介な荷物みたいな言い方はしないで！」

「ぼくに喧嘩《けんか》を売るな、ヘイゼル」

帰りの車中ヘイゼルとレイフのあいだには重い沈黙が漂い、おしゃべりはもっぱらジャニーンにまかされた。ヘイゼルは疲れきっていたが、ふたりの会話と親しげなようすは、いやでも意識に入ってきた。

レイフはまずジャニーンの家の前で彼女を降ろし、ドアまで送っていった。ヘイゼルは半身を起こして窓からふたりをのぞく気にはなれなかった。彼がジャニーンの手のひらにキスをしたときの記憶がまだあまりにも鮮やかすぎて、もう一度ふたりのキスを目撃する苦痛には耐えられそうになかった。

「ずいぶんたっぷり時間を使ったのね」戻ってきたレイフに、ヘイゼルは言った。

「下品な言い方はやめるんだ、ヘイゼル」レイフはヘイゼルのいやみには動じなかった。「いい子だから、ジャニーンに手をふって」

「いやよ！」

レイフはギアを入れながら喉の奥で笑った。「彼女がきみに何かしたか？」

「何も」ヘイゼルはすねた口調で答えた。少し体が震えていた。「早く帰りましょう。寒くなってきたわ」

「きみがジャニーンに手をふったら、すぐ帰る。ぼくに腹を立てるのはともかく、ぼくの友人に対して失礼な態度をとる理由はないはずだ」

ジャニーンがレイフの友人だからこそ、ヘイゼルは腹立たしさを感じるのだ。違う状況で出会っていたら、きっとジャニーンを好きになっていただろう。

「いいわ、わかった。それで家に帰れるなら」

「さあ、早く」レイフはバックミラーでヘイゼルの行動を確認していた。

「地獄に落ちればいいのよ！」そう言いながら、ヘイゼルは満面の笑みでジャニーンに手をふった。

車が急発進し、ヘイゼルの体が革のシートに押し戻された。「ぼくは何度も地獄に落ちかけて戻ってきた」レイフが陰鬱な声で言った。「それほど魅力的な場所じゃない」

浅はかな言葉を発したことを悔いて、ヘイゼルは前に乗りだし、そっとレイフの肩に手をかけた。彼の体がこわばるのがわかった。「ごめんなさい、レイフ。わたしは何も……」

「もういい」レイフがぴしゃりと言った。「それと、頼むから、ぼくの体にそんな風にふれるのはやめてくれ！　ぼくは石でできてるわけじゃないんだ」

ヘイゼルは火傷《やけど》でもしたみたいにぱっと手を引いた。「ごめんなさい」彼女は口のなかでつぶやいた。

「いいか、よくおぼえておくんだ。女としての魅力を試すための実験台にぼくを使うのはやめてくれ。ゆうべのような緊張にはもう耐えられない」

「あれはわたしが悪かったわ。わたしは――」

「もちろん、悪いのはきみだ！　だが、あれできみにもわかっただろう。ぼくはきみを拒絶できない。だから、近づかないでくれ。ぼくには、きみの存在は必要ないんだ。ぼくにはぼくの生活があるんだ」

「その生活のなかには、ジャニーン・クラークの存在もふくまれているのね？」

「だとしたら、なんだ？　きみになんの関係がある？」

「ないわ、たぶん」レイフがほかの女性と結婚したら、ヘイゼルの胸が痛むということ以外には。ああ、三年前に妊娠していればよかったのに。そうすれば、レイフはヘイゼルのものになっていただろう！

「きみがそう気づいてくれてうれしいよ」

家のなかに抱いて運ぶと言うレイフを、ヘイゼルは断固として拒否した。彼の男らしさにひどく敏感になっているいま、その腕に抱かれたら自分の欲望を隠しきれる自信がなかった。

廊下に出てきたサラがヘイゼルを見て驚き、駆けよった。「なにがあったんですか？　その顔……」

「あとでゆっくりきいてくれ、サラ。とにかくいまはヘイゼルをベッドに入れなくてはならない。何か温かい飲み物を部屋に持ってきてくれ」

「栄養たっぷりのおいしいスープをお持ちします」

ヘイゼルはスープより睡眠のほうがありがたい気がしたが、家政婦の気持ちを傷つけたくはなかった。

「ありがとう、サラ」そう言って階段を上がろうとしたとき、ふいに脚に力が入らなくなった。「ああ、レイフ！」情けない声で、彼女は助けを求めた。

「しょうのない子だな！」レイフがさっとヘイゼルを抱きあげた。「意地を張らないで、ぼくにまかせるんだ」

「でも、あなたはさっき――」

「わかってる」彼は鋭い声でヘイゼルをさえぎった。

「だが、いまは、後見人として言っているんだ」レイフはドアを蹴り開け、ヘイゼルをそっとベッドに下ろした。「さてと、水着を脱ぐのに手助けがいるか？　それとも、ひとりでできるかな？」

ヘイゼルは顔を真っ赤にしてベッドに座り、ビキニのトップの留め金をはずそうとした。「ひとりでできるわ」

「そうは見えないな」レイフが彼女の手をつかんだ。

「ほら、ぼくがはずしてやる」

「やめて！」ヘイゼルはレイフの手から体を引き離した。全身の神経が暴動を起こしていた。「さわらないで、レイフ。絶対にだめ！」いまは、彼に惹《ひ》かれる自分自身と闘う気力がなかった。

「ぼくは前にもきみの裸を見てるんだ、ヘイゼル。なぜ今日にかぎってそんなにいやがる？」

「だって……誰かが入ってきたらどうするの？」

レイフは肩をすくめた。「どうもしないさ。ぼくはただきみの手助けをしているだけなんだから」

ヘイゼルの肩から力が抜けた。「わかった。はずしてちょうだい」

「やれやれ、やっとか！」レイフはなじるように言いながら、黄色い水着の留め金をはずした。脱がせた水着を椅子の上に放る。だが、ふいに彼は息をのんで目を閉じた。「きみが正しかったようだ。こんなことはするべきじゃなかった」

「どうして？　あなたも言ったじゃない、前にもわたしの裸を見たって」

顔をそむけたとき、彼の手が震えていた。「だが、違うんだ。全然違う！」

「わからないわ」ヘイゼルは頭がぼやけてきた。

「何を言ってるの？」上半身を起こそうとしても起きあがれず、彼女は結局枕に頭を戻した。「なんの薬か知らないけど、体じゅうから力が抜けてしまったみたい」

「鎮痛剤だ。困ったな。きみの水着を脱がさなくてはならないのに」

だが、彼の手がふれると、ふたたびヘイゼルの血がわきたった。彼女はレイフの手に体を押しつけた。

「ああ、レイフ、わたしを抱いて！」

レイフが彼女を揺さぶった。「薬のせいだ！　薬のせいで、きみはおかしくなっているんだ」

「おかしくなってなんかいないわ、レイフ。ただ、ふだんは口にする勇気のない言葉を言えるようになっただけ。あなたが欲しいの、レイフ。前のときみたいに、わたしを抱いてほしい」

レイフの唇にゆがんだ微笑が浮かんだ。「朝になったら、いまの言葉を後悔する」

ヘイゼルの目が輝いた。「じゃ、ずっと一緒にいてくれるのね。夜じゅう、ずっと？」

レイフは彼女から手を放した。「いや、それはできない！　頼むから、ぼくを誘惑するのはやめてくれ！　いまにもサラが来るかもしれない。こんなところを見られたら、どう言い訳すればいいんだ？」

ヘイゼルは眠たげな目で彼を見つめた。「わからない。なんて言うの？」

「考える必要はない。ここから出ていくことさえできれば、それですべて解決だ」レイフはすでに乱れている髪をさらに手でくしゃくしゃにした。「そうだ、そうとも。ぼくはここから出ていく」

ヘイゼルは片手をのばした。「行かないで、レイフ。わたしをひとりにしないで！」

レイフの顔が陰鬱に陰った。「いいかげんにしろ、ヘイゼル。だめだと言ったはずだ」

「旦那様！」開いたままのドア口に、トレイを手にしたサラが立っていた。「そんな言い方をなさってはいけません。お嬢様は具合が悪いのですよ」

「もう大丈夫だ。水着を脱がせて寝かせてやってくれ。ぼくは書斎にいる。何かあったら呼んでくれ」

レイフは乱暴にドアを閉めて出ていった。

サラが驚いた顔でドアに目をやった。「どうしていらいらなさっているんでしょう？」

ヘイゼルはあくびをした。「心配いらないわ。レイフが怒りっぽいのはいつものことよ」上半身を起こすと、上掛けがすべり落ちて胸があらわになった。

「あら、いやだ!」笑いながらも、またあくびが出た。「もう目を開けていられないみたい」

サラがすばやく上掛けを直した。「まさか旦那様にその格好を見られたのではないでしょうね?」シヨックを隠せないようすで、サラがきいた。

鎮痛剤のせいで、ヘイゼルの頭は酔っぱらったときのようにぼんやりしていた。「もちろん見られたわ、サラ。彼が水着を脱ぐのを手伝ってくれたの」

「旦那様が……まさか」サラは不安そうな笑い声をもらした。「旦那様はそんなことはなさらないはずです。さあ、スープを飲んでください」

「ええ。飲んだら、ほんとうに眠らなくちゃ」

ヘイゼルがスープを飲んでしまうと、サラはナイトガウンへの着替えを手伝ってからトレイを手にした。「旦那様はほんとうにお嬢様が水着を脱ぐのに手をお貸しになったんですか?」

ヘイゼルはベッドにもぐりこんだ。「さあね、どっちでもいいわ」彼女はもう半分眠りかけていた。

「ほんとうはどうなんですか?」

「たぶん脱がせてない」

サラが出ていく前に、ヘイゼルの意識は夢の世界にさまよいこんでいた。その世界では、レイフがヘイゼルを抱きしめ、キスで彼女の全身に生気を送りこんでいた。

目ざめたとき、あたりは真っ暗で、激しい頭痛がした。部屋の隅で何か動くものが見えて、はっと体を起こしたとたん、新たな痛みに頭を刺し貫かれて、ヘイゼルは悲鳴のような声をあげた。

ベッドに近づく黒い人影が見えた。「レイフ?」

ベッドサイドの明かりがついた。「いいえ、兄さんじゃないわよ。兄さんはこんな時間にあなたの寝室を訪問する習慣があるの?」

ヘイゼルは顔にかかった髪を払った。「も……もちろん違うわ。ただ、わたしは……」

「あなたはわたしを兄さんだと思ったのね。その理由が知りたいわ」

鋭い言葉の応酬は、いまのヘイゼルにはむりだった。「あと二日間は、昼も夜も誰かがわたしにつきそうことになっていたの。それで――レイフがいるのかと思ったのよ。それだけ」

シーリアの顔に嘲笑が浮かんだ。「こんな時間に兄さんがここにいるのはよくないと思うわ」

「いま何時？」

「午前三時を少しすぎたところ」シーリアはサイドテーブルにおかれた水差しからグラスに水を注《つ》ぎ、二粒の錠剤と一緒に差しだした。「あなたが起きたらこれをのませろと言われたの」

ヘイゼルはありがたく鎮痛剤をのみ、枕に頭を戻した。「ついていてくれるなんて、ずいぶん親切なのね」

シーリアは肩をすくめて、窓際の椅子に戻った。

「しかたないわ。兄さんに怒られたくないから」

「これまでそんなこと気にしてなかったじゃない」

「昨日のことがなければ、いまだって気になんかしないわ。またあれをくり返すのはいやなの。もう少しで屋敷から追いだされそうになったんだから」

ヘイゼルの目が丸くなった。「まさかわたしが原因じゃないわよね？」

「あなたとあなたのボーイフレンドのせいよ。さあ、もう寝て、ヘイゼル。あなたと話すより、ひとりのほうがまだ退屈しないわ」

「まさか」

「まさか、って……それはこっちの台詞《せりふ》よ。あなたは、どうしても騒動を起こさずにはいられないのね。言っておくけど、わたしがいまここにいるのは、あなたのことが少しは好きになったとかいう理由じゃないの。あなたが出ていったあとも、わたしは兄さんと一緒にここで暮らさなくてはならない。だからよ。でも、兄さんと違って、わたしはあなたみたいな薄汚い女に引っかかるつもりはないの」

「何を根拠にそんなことを言うの？」

「あら、根拠はあるわ」シーリアの頬に残酷な笑みが浮かんだ。「わたしはなんでも知っているのよ、ヘイゼル。三年前のあなたと兄さんのことも」

「どういう意味？」ヘイゼルの声は弱々しかった。

「三年前のあなたの誕生日の夜、あなたたちふたりは丸太小屋ですごしたでしょう」

ヘイゼルの顔が真っ青になった。「どうして知ってるの」

「兄さんが話してくれたからよ。あなたがどんなにみだらに兄さんを誘惑したか」

7

「わたしは信じない！」

シーリアがまたほほえんだ。「でも、ほんとうなのよ。聞いたときはひどくショックだったわ。でも、まあ、兄さんだってふつうの男なんだし」

ふつうの男。たしかにそのとおりだ。だが、ヘイゼルに関するかぎり、レイフは生死を決するほどの力を持っている。いまのシーリアの話は、ヘイゼルをじわじわと死に追いやるも同然だった。ヘイゼルはごくりと唾をのみこんだ。「レイフはあなたに何を話したの？」

シーリアは肩をすくめた。「べつに詳しく話してもらう必要はなかったわ。あなたがしょっちゅう兄さんの気を引くような態度をとるのを、わたしは同じ家にいてずっと見てきた。あの誕生日パーティの夜には、もう兄さんが抵抗できる可能性は残っていなかったのよ」

「わたしひとりの責任じゃないわ。レイフにだって責任はあるのよ」

「わたしはばかじゃないのよ、ヘイゼル」シーリアの言葉は手厳しかった。「兄さんが我慢できなくなるほど誘惑したのはあなたよ。妊娠しなくて、ほんとうによかった！」

「ええ、そうね」ヘイゼルは静かに答えた。

「もし妊娠していたら、兄さんは身動きがとれなくなるところだったわ。実際、この三年間兄さんは罪の意識に苦しんできたのよ。あなたの後見人なのに、最悪の方法であなたの信頼を裏切ったと感じて。兄さんがなぜあんな事故に遭ったかわかる？　船の操縦に集中していなかったからよ」

「でも、ジェームズは、ガソリンタンクがもれていたせいだって言ってたわ」

「そうよ。だけど、いつもの兄さんなら、慎重に点検してタンクのもれに気づいていたはずよ。なのに、点検がおろそかになった――そして、一生残る傷を負ってしまったのよ」

ヘイゼルは乾いた唇を舌で湿した。「事故が起きたとき、あなたはわたしに連絡するべきだったわ。わたしには、レイフが怪我《けが》をしたことを知る権利があったはずよ」

薄暗がりのなかで、シーリアの目に嫌悪がひらめいた。「いいえ、あなたにはなんの権利もなかった。事故の原因を作ったのはあなたなんだから、あなたは兄さんのそばにいてはいけなかったのよ」

ヘイゼルは首をふった。「わたしを責めるのは間違っているわ。あのできごとのせいでレイフがそんなに悩んでいるなんて、わたしは知らなかったんだもの。レイフはわたしのことなんか何も考えていないと思っていたわ……。だって、わたしの手紙に一通も返事をくれなかったんだから」

「なんて書けばいいのよ？」シーリアが侮蔑もあらわに言った。「悪かったと思っているって？　それはもう言ったでしょう。兄さんはあなたに、アメリカで新しい生活を築いてほしいと思っていたのよ。ちゃんと夫を見つけて。でも、あなたの手紙はそんな感じの内容じゃなかったから、兄さんの罪悪感はますます大きくなったのよ。これで、わたしがあなたに電報を打った理由がわかったでしょう。この一週間で、あなたがもう兄さんを必要とはしていないって証明してもらうためなのよ。これまでのところ、あまりうまくいっていないみたいだけど」

「もうレイフはちゃんと知っているわ。わたしが彼を必要としていないって」

「ばかばかしい！　こんな騒ぎを起こしたくせに。兄さんはあなたに対する義務感から解放されないかぎり、自分の生活を考えることができないのよ」

ヘイゼルのなかで怒りがはじけた。「わたしはレイフが何をしようと止めたりはしないわ」

「いいえ、止めてるのよ。あなたの将来の見通しが立たないかぎり、兄さんは自分の計画を実行に移せないの」

「わたしにどうしろと言うの？　これから最初に出会う男と結婚しろとでも？」

「それはいいわね」

「努力してみるわ」

ふいに寝室のドアが乱暴に開いた。「うるさいぞ。なぜさっさと寝ない？」レイフだった。

「寝てもいいなら、寝るわよ」シーリアが辛辣に言い返した。

ヘイゼルの目は、濃紺のパジャマを身につけたレイフの痩身に釘《くぎ》づけになった。胸の深い傷跡が少しだけ見えている。シーリアは、彼の怪我はヘイゼルのせいだと言った！

「なんの話をしていたんだ？」レイフが疲れたようにまぶたを指でもんだ。

シーリアは肩をすくめた。「べつに。ちょっと女の子同士の話をしていただけよ」

「こんな時間に？」

「いま何時なの？」

「四時を少しすぎたところだ」レイフがベッドに近づいた。「気分はどうだ？」彼はヘイゼルにきいた。

「大丈夫よ」ヘイゼルはつぶやくように答えた。シーリアの非難で受けた心の傷が、まだ生々しく痛んでいた。

レイフは妹に目をやった。「少し眠るか？　もう目がさめたから、ぼくがヘイゼルについてるよ」

「そんな格好じゃだめよ」シーリアが言った。「口には出さないけど、サラが何か気にしてるの。昨日の兄さんの態度にびっくりしたみたいよ」

「サラはいつだって何か気にしてるさ。おまえはベッドに入れ。ここは、ぼくが替わる」

「ふたりとも寝ていいわ」ヘイゼルはぶっきらぼうに口をはさんだ。「誰にもついていてもらう必要なんかない。どこも悪くないもの」

「ぼくが朝までここにいるよ、シーリア」レイフはヘイゼルを無視して、ベッドのわきの椅子に腰を下ろした。「どちらにしろ、あと数時間のことだ」

シーリアの鋭い視線が、ヘイゼルに向けられた。

「おやすみなさい、ヘイゼル。おしゃべりできて楽しかったわ」

ヘイゼルは顔をそむけた。シーリアの言葉は警告だとわかっていた。それでも、レイフを必要としていないようなふりはできなかった。なぜなら、ヘイゼルにはレイフが必要なのだから。

「サラに、ぼくたちのことを何か話したのか？」シーリアが出ていくとすぐ、レイフはきいた。「きみがサラによく打ち明け話をするのは知っていたが、ぼくたちのことについては誰にも言わないだろうと思っていたよ」

「あなたはどうなの？」

彼の目が細くなった。「どういう意味だ？」

ヘイゼルはベッドサイドの明かりを消した。「疲れてるの、レイフ。眠らせて」彼女は寝返りを打って壁に顔を向けた。

だが、レイフは乱暴にヘイゼルの肩をつかんで自分のほうを向かせた。暗がりに慣れてきたヘイゼルの目に、はっきりと彼の表情が見えた。「サラがあんなに不満そうな態度をとるなんて、いったいきみは彼女に何を言ったんだ？」

「上掛けが落ちて、サラに……見られたの……」

「半裸の姿をか？　それで、サラはぼくがきみを誘惑しようとしたと思いこんだというわけか」

ヘイゼルは唇を噛《か》んだ。レイフの目を見ることができなかった。「それ……だけじゃないの」

レイフがヘイゼルの腕をベッドに押さえつけた。

「どういう意味だ？」

ヘイゼルは大きく息を吸った。「水着を脱ぐのをあなたが手伝ってくれたって言ってしまったの」

「なんだと？」

「しかたなかったの。薬のせいで、酔っぱらったみたいにぼうっとして判断力がなくなっていたのよ」

「サラが来る前のきみの状態を見て、それはわかっていた」

レイフの温かな息を頬に感じると、うっとりした気分にふたたびヘイゼルは襲われた。「あれは本気だったのよ、レイフ。ほんとうよ」

「じゃ、あのときの言葉をもう一度言ってみろ」レイフはヘイゼルに寄りそうように、長身をベッドに横たえながら言った。「ぼくを欲しいと、もう一度

「言ってみろ」彼の唇が熱っぽくヘイゼルの首筋をさまよった。「言え、ヘイゼル!」

「やめて、レイフ、だめよ!」彼がどんなにひどい罪悪感にさいなまれてきたのか、たったいまシーリアに聞かされたばかりだ。「こんなことをしてはいけないわ」

「なぜだ?」彼の手が、ヘイゼルのナイトウエアのボタンをすばやくはずしていく。「ぼくはきみにチャンスを与えた。三年間の自由を与えた。そして、いまその期限が切れたんだ。きみはいまもぼくを欲しいと言った。そして、そう、ぼくもきみが欲しい。もう自分の思いを否定はしない」

首筋を這《は》う熱い舌と、胸にふれる手の感触に、ヘイゼルは溺れてしまいそうだった。「だめよ、レイフ」彼女はあえぐように言った。「こんなことをしてはいけない。わたしのためにも、あなた自身のためにも」

「きみがぼくを誘ったんだ、ヘイゼル。この数時間ずっとぼくは、ここへ来てはいけない理由を自分に言い聞かせてすごしてきた。きみの願いに応えてはいけない理由を数えあげていた。だが、何ひとつ効果はなかった」レイフは生地が破れるほどの性急さで自分のパジャマのボタンをはずした。「きみを抱くことだけが重要なことに思えた」

「でも、レイフ、あなたはさっき――」

「ぼくが言ったことなんかどうでもいい。ぼくはただ高潔な人間としてふるまおうとしただけだったんだ。だが、きみはあまりにも美しい」レイフはパジャマを床に脱ぎ捨てた。「水着を脱がせたとき、ぼくはきみの肌にふれたくてたまらなかった」

さっきのシーリアの言葉が急速に意味を失っていった。ふたりがお互いを求めているのなら、その思いよりも大事なものなど何もない。

ヘイゼルの手がのびて、彼の胸の傷跡にふれた。

「ああ、なんてこと。あなたのすばらしい体がこんなに傷ついたなんて、考えるだけでも耐えられない」

またもやヘイゼルは間違いを犯した。その言葉で、たちまちレイフが体をこわばらせて彼女から離れたのだ。「耐えられないか」苦々しげに彼は言った。「ぼくはすぐこの傷のことを忘れてしまう。それもこれも、部屋が暗いからだ。心の準備をしろ、ヘイゼル。これから明かりをつける」

ヘイゼルが慌てて上掛けを引っ張りあげて自分の体を隠すと同時に、明かりがついた。レイフの頬から へそまで走っている生々しい傷跡が目に入り、彼女の顔がゆがんだ。「痛かったでしょうね」

「痛みはいまも毎日ぼくを苦しめる。だが、これですべてじゃない」冷たく言い放ちながら、レイフはパジャマのズボンを脱ぎ捨て、太腿をあらわにした。白っぽく変色した傷跡が膝まで続いていた。

「きみへの欲望を消すことは、ぼくにはできない」レイフは耳障りな笑い声をたてながら、パジャマを拾いあげた。「だが、きみにいまのぼくの姿を見せないようにするのは簡単だ。おやすみ、ヘイゼル」

「レイフ」ドアを開けようとしたレイフを、ヘイゼルは止めた。「もしわたしが戻ってこなかったら、あなたはジャニーン・クラークと結婚していた？」

「なぜ過去形できく？」

「レイフ！」

「ジャニーンは、きみには関係のない存在だ。よけいな口出しをするな」

「あなたはたったいま、わたしを抱こうとした。それでも、彼女と結婚できるというの？」

レイフはじっとヘイゼルをにらみつけてから、ゆっくりうなずいた。「できる」

ヘイゼルはごくりと喉を鳴らした。「以前わたしたちは愛しあった。いまもう少しでそうなるところだった。それでも、あなたはわたしとは結婚しないというのね？」

「そうだ」

ふたたび目に涙があふれ、痛みがナイフのように彼女の心を切り裂いた。「ああ、レイフ！」

「ぼくはこの先ずっと暗闇のなかで愛しあうつもりはないんだ。きみは傷跡への嫌悪感でひるむが、ジャニーンは全然気にしない」

「ジャニーンはその傷を見たの？」

レイフはうなずいた。「見た」

「全部？」

レイフは冷酷なほほえみを浮かべた。「全部」

レイフがほかの女性を抱いた。そう思うと、ヘイゼルの体が震えた。レイフはヘイゼルのことなどなんとも思っていない！　彼女に対して感じているのは体の欲望だけなのだ。どんなにヘイゼルと親密さを分けあっても、彼はジャニーン・クラークと結婚する。ヘイゼルに対してこれほどひどい侮辱はない。

「あなたなんか大嫌い！」怒りのあまり、ヘイゼルは上半身を起こした。「いつか必ず思い知らせてやるから！」

レイフが嘲笑した。「楽しみにしている」

まだ笑いつづけたまま、レイフはドアを閉めた。

ヘイゼルはどさりと枕に頭を戻したが、満たされないままの体はまだ熱くほてっていた。レイフも同じはずだ。だが、彼はいつでもジャニーンのところに行くことができる。

そして、たぶん彼はそうしたのだろう。翌朝八時半にヘイゼルが階下に下りたとき、レイフがちょうど表のドアから入ってきた。デニムとスウェットシャツを身につけ、無精髭《ひげ》がのびている。

レイフの目が細くなった。「何をしている？」

「見ればわかるでしょう。起きてきたの」

「生意気な口をきくな」彼のぶしつけな視線がヘイ

ゼルの白いショートパンツと赤いキャミソールに向けられた。「ぼくが言いたいことはちゃんとわかっているはずだ。きみは、どうしても半裸でうろうろしたいのか?」

「全裸で歩きたいと思えばそうするわ」

「なるほど。これが復讐《ふくしゅう》の始まりというわけか。言っておくが、ぼくは半裸のきみを見ただけで欲望でおかしくなったりはしない」

「わたしはいつもこういう格好をしているの。あなたが慣れていないだけよ」

「その格好はあまりにも見苦しい」

ヘイゼルはゆっくりと笑顔になった。「あら、わたしはとても快適な気分だわ」

「さっさと部屋に戻って、その服を脱げ」

「着替える気はないわ!」

「着替えろとは言っていない。ベッドに入るんだ」

「まあ、レイフ! 朝のこんな時間から?」ヘイゼルはからかうような表情を浮かべて言った。

「ぼくはきみを誘っているわけじゃない。さっさとベッドに戻れと言っているんだ。きみは明日まで起きてはいけないことになっている」

「そうね、わたしがばかだったわ。いまのあなたに、わたしをベッドに連れていく体力が残っているはずはないのに」

「どういう意味だ?」

「今日はもう、ミセス・クラークがさんざんあなたの体を楽しんだという意味よ」ヘイゼルは彼のわきをすり抜けてダイニングルームに向かおうとした。

レイフが乱暴に彼女を止めた。「ベッドに入れ、ヘイゼル! ぼくの堪忍袋の緒が切れないうちに」

「わたしに命令しないで! もうベッドにはうんざりしたの。朝食をすませてビーチに行きたいの」

「それは許されない。医者に言われただろう」

ヘイゼルは敢然とレイフに立ちむかった。「ベッドにいろとは言われなかったわ。安静にして、誰かについていてもらえと言われただけよ。ビーチで安静にしていればいいでしょう。どうしても心配なら、あなたがついてきて見張っていればいいのよ」

「ぼくには仕事がある」

「仕事なんかできるの？　ずいぶん精力的な夜をすごしたみたいだけど」

「きみを膝にのせてお尻をたたくぐらいの元気はまだ残っている」レイフはそっけなく言い返した。

「それにしても、ずいぶんとひどい顔だ！」

「言われなくても、鏡を見たから知ってるわ」ヘイゼルは痛むまぶたに手を当てた。鏡を見たときの恐怖がよみがえる。目の周囲が、見るも無惨に紫と黒に染まっていた。

「痛むか？」

「あたりまえでしょう。ばかな質問しないで」

「落ち着け、ヘイゼル。きみの気分がよくないのはわかっている。だが――」

「気分はいいわよ。打ち身ができている以外は、どこもなんともない。だから、ベッドには戻らない」

「ぼくには、きみに対する責任がある。言うとおりにしろ」

「できるものなら、させてみなさいよ」

「わかった」レイフはヘイゼルが暴れるのもかまわず、彼女を抱きあげて寝室に運んだが、どさりと彼女をベッドに投げだしたとき、彼の顔はひどく青ざめていた。

心配になって、ヘイゼルは彼を見あげた。「大丈夫？　顔色が悪いわ」

「だ……大丈夫だ」彼の声は弱々しかった。「だが、これ以上ぼくに逆らうのはやめろ」

ヘイゼルの唇に冷笑が浮かんだ。「年をとって、以前のようなスタミナがなくなったようね」

レイフが大きく息を吐いた。「そうかもしれない。

もう行くよ」

ヘイゼルがあっけにとられるほど唐突に、レイフは出ていった。彼が曲がりなりにもヘイゼルの言い分を認めたのは初めてのことだった。それでも、ヘイゼルは彼の命令を守った。着替えをして階下に下りるのは、思っていたよりずっと体力を消耗する行動だった。

しばらくすると、サラが朝食のトレイを運んできた。廊下から人の声が聞こえ、サラは何かに気をとられているようで、トレイをテーブルにおくと何も言わずに背中を向けた。

「サラ?」ヘイゼルの声に、サラはドア口で足を止めた。「何かあったの? お医者様の声が聞こえたわ。わたしの診察に来たわけじゃないでしょう?」

「あらあら、こんなにして」サラは顔をしかめてベッドサイドに戻り、ヘイゼルの肩を上掛けで包みこんだ。「ええ、お嬢様の診察じゃありません。旦那様のお加減がお悪いんです」

ヘイゼルの声が震えた。「どこが悪いの?」

「それがわかっていれば、お医者様を呼ぶ必要はなかったでしょうよ」サラはつっけんどんに言ったが、すぐに謝罪の言葉を口にした。「すみません。少し動揺してるんです。最初はヘイゼルお嬢様、そして今度は旦那様ですもの。きっとつぎはシーリア様がお倒れになるわ」

「レイフが怪我をしたの?」

「動けなくおなりになったんです。朝食に下りていらっしゃらないので寝室にうかがったら、ベッドに倒れていらっしゃって」

ヘイゼルは慌ててベッドから出ようとした。「レイフのところに行かなくちゃ」

サラがヘイゼルをベッドに押し戻した。「いけません」彼女の声は厳しかった。

ヘイゼルは涙にうるんだ目で家政婦を見あげた。

「でも、どうしてもレイフのようすが知りたいの」

「だめです」サラは断固として言った。「ほんとうにこのごろこのお屋敷はだらしなさすぎます。お嬢様と旦那様は血がつながっていないことをお忘れじゃないでしょうね。あなたがたはお互いの寝室に行き来してはいけないんですよ。世間に知れたら、いったい何を言われるか」

「でも、そんなの、べつにどうってことないわ、サラ。そうでしょう？」

サラの表情は険しかった。「さあ、どうなんでしょうね……。でも、とにかく旦那様には分別がおありになるはずです」

ヘイゼルは眉を上げた。「わたしにはない？」

「お嬢様はずっと旦那様に思いを寄せていましたね。何もかもが気に入らなくなる十代のころでさえ、旦那様のことは嫌いにならなかった。幸い、旦那様は相手になさいませんでしたけど。いいですか、お嬢様は旦那様の寝室に行ってはいけないんです」

賢いサラ。口には出さなくても、ちゃんと気づいていたのだ。でも、ありがたいことに、すべてに気づいているわけではない。レイフとすごした一夜のことを知られたら、ヘイゼルはサラの顔がまともに見られなくなってしまうだろう。

「わかったわ、サラ。でも、レイフの容態がわかったらすぐ知らせてね」

「その必要はありませんよ。旦那様の診察がすんだら、お医者様はこちらへようすを見に来るそうですから。ご自分できいてください」

「お医者様とならふたりきりになってもいいの？」

「もちろんです、だってお医者様ですから」

ヘイゼルは笑った。「でも、男性よ」

「それは……その……。もう、おとなをからかうんじゃありません！　さっさと朝食をお食べなさい」

「お昼は階下《した》に下りるわ、サラ。こんなことをしていたら、あなたの仕事が増えるもの」

「お嬢様は、お医者様に言われたとおりにすればいいんです。ベッドにいなさいと言われたら、ちゃんとそうするんですよ」

「はい、サラ」

家政婦はほほえんだ。「コーヒーが冷めますよ」

医師を待つあいだに、ヘイゼルはコーヒーを飲み、トーストを食べた。

やがてノックが聞こえ、バイン医師が姿を見せた。ヘイゼルは不安げに彼を見あげた「レイフは？」

「少し休めば大丈夫でしょう」医師は椅子をベッドのわきに引きよせた。「気分はどうですか？」

「レイフはどこが悪いんですか？」

バイン医師がほほえんだ。「やれやれ、困った人だな。腰ですよ、もちろん」

「腰？」

「そう――何日も前から痛んでいたのに誰にも言わずにいたらしい。昨日病院で会ったとき、少し疲れているように見えたんだが、きっとあなたを心配しているせいだろうと思っていました」

「でも、よくなるんですよね？」

医者はうなずいた。「今回はね。だが、近いうちにどうしても例の手術を受ける必要があります」

「説得できないんですか？」

「それをあなたに頼もうと思っていたんですよ」

ヘイゼルは視線をそらした。「彼はわたしの言うことなんか聞きません」

「そうかな？」

「ええ」彼女はきっぱりと答えた。「腰が急に悪くなったのは、わたしを運んだからでしょうか？」

「それもあるかもしれないが、いろいろ聞いたところでは、もう何週間もむりを重ねていたらしい。早急に手術をする必要があるんです。この時期を逃せば、永遠に手術できなくなるでしょう」

そのとき、どこか困惑したようすのサラが部屋に入ってきた。「旦那様のお言いつけで来ました」

「どういうこと、サラ？」ヘイゼルはきいた。

「ええと……その……旦那様は、あなたがたをふたりきりにしておくのはよくないとお考えで……」

返事を聞く前から答えはわかっていた。昨日レイフはバイン医師がヘイゼルを診察するのをいやがっていた。今日になって、急に喜ぶはずがない。

ヘイゼルは医師にほほえみを向けた。「レイフはあなたがわたしをちやほやしすぎると思っているようなんです」

バイン医師は笑った。「そんなふうに見えたのかな？　ぼくはきわめて真剣なつもりだったのに。さてと」急にてきぱきした口調になって、彼は言った。「どこも悪いところはないようですね」

「じゃ、起きてもいいんですね？」

「そうだな……」

「お願いです、ドクター・バイン。レイフのお見舞いに行きたいんです」

「レイフはもう眠っていますよ。数時間は目がさめない薬をのませましたから。どんな処方箋より、いまは休息のほうが効きめがある」バイン医師は立ちあがった。「夕方まではベッドですごしてください。夕食のあとならレイフに会ってもいいでしょう」

ひどく長い一日になった。だが、やっと夕方になったとき、ヘイゼルを待っていたのは落胆だった。

夕食のトレイを持ってきたサラが、ヘイゼルに告げた。「旦那様に会うのは、明日まで待っていただきますよ」

ヘイゼルは茫然《ぼうぜん》とした。「どうして？」

「旦那様がぐっすりお眠りになっているからです。午後に目をおさましになったとき、軽い食事をなさってまた薬をおのみになったので」サラは満足そうにほほえんだ。

ヘイゼルは落胆を隠せなかった。「ああ、サラ」

「ヘイゼルお嬢様、女のおしゃべりより睡眠のほうが、旦那様のお体にはいいんですよ」

「わたしは、むだなおしゃべりなんかしないわ」ヘイゼルはむっとして言った。「行って、レイフのそばに座っているだけならいいでしょう?」

「そんなことをしてなんの意味があるんですか?」

「レイフが目をさましたとき、寂しくないように」

「朝までお起きになりませんよ。だめです。明日まで待っていただきます」

ヘイゼルはしぶしぶうなずいたが、どうしても納得できなかった。なぜレイフのそばにしばらく座っていてはいけないの? 彼は眠っているのだから、なんの問題も起きるはずがないのに。

二時間後、ヘイゼルの心が決まった。手早くデニムとTシャツに着替えると、彼女はそっと寝室を出てレイフの部屋に向かった。サラの言ったとおり、彼はぐっすり眠っていた。眠っている彼の表情はいつもより柔らかく、近づきがたさが薄れていて、ヘイゼルを抱いたときの表情に似ている気がした。

ヘイゼルはベッドのわきに座った。遠慮なく彼の顔を見つめていられるのはとてもいい気分だった。だが、ふいにまぶたが開き、青い目がのぞいて、ヘイゼルをびくりとさせた。

「やあ」レイフがかすれた声で言った。

ヘイゼルの息が止まりそうになった。「目がさめたのね」

レイフがあくびをしながら、こわばった筋肉をほぐすように体をのばした。「いま何時だ?」

「十一時ぐらい」

「そうか」レイフが優しい視線をヘイゼルに向けた。

「一緒にベッドに入ったらどうだ?」

「い、一緒に?」

「そうだ。ぼくはすごく疲れていて、眠る以外には何もできそうにない。でも、一緒に寝てくれる人がいるほうがうれしい」

「でも……」

「おおげさに考えなくていい。ただ今夜のぼくは、誰かにそばにいてほしいだけだ」

それ以上の言葉はいらなかった。レイフに必要とされているのに、彼をがっかりさせることはできない。「部屋に戻ってナイトウエアを着てくるわ」

「その必要はない。そこの椅子にパジャマがかけてあるから、それで間に合うだろう。着替えるあいだ、そっちを見ないと約束するよ」おどけた口調で、レイフは言った。

ヘイゼルは手早く着替えてベッドに体をすべりこませた。レイフの腕に引きよせられると体が震え、彼のたくましさを意識せずにはいられなかった。

レイフのため息が聞こえた。「もぞもぞしないで、ヘイゼル。おとなしく眠るんだ。今夜は何もできない……疲れているし、腰が言うことを聞かない」

ヘイゼルは彼の腰を撫《な》でた。優しく動く指の下で、彼の体が緊張していくのがわかる。

レイフがうめき声とともに彼女の手を止めさせた。

「やめるんだ、ヘイゼル！　いい子にしないなら、出ていってもらうぞ」

「いい子にするわ」

まもなく規則的な深い呼吸が聞こえてきて、レイフが眠ったことがわかった。だが、ヘイゼルは彼の腕が意識から離れず、なかなか眠れなかった。

何かの物音で、ヘイゼルははっと目をさました。その音の原因はすぐにわかった。恐怖とショックに顔を引きつらせたサラがドア口に立ちすくみ、その足もとに朝食のトレイが落ちていたのだ。

8

サラは何も言わず、そのまま立ち去ろうとした。

「サラ」レイフが家政婦を呼びとめた。

サラがこわばった動きでふりむいた。全身から不満が発散している。

上半身を起こしたレイフは、にこやかな笑みを浮かべて言った。「最初の祝福の言葉を、きみの口から聞かせてくれないか」

家政婦が鋭い視線を彼に向けた。「祝福？」

レイフがヘイゼルの肩に腕を回した。「ぼくたちは結婚するんだ」

ヘイゼルは、うっと息をのんで彼に目をやったが、レイフは彼女を見ようとしなかった。


サラの態度が少しだけ軟化した。「結婚なさるおつもりなんですね？」

「そうだ」レイフはヘッドボードに寄りかかった。「ただ、初夜を少し早く迎えてしまったんだ」

「そうですか。では、とにかく早急に結婚式を挙げることですね。世間にこのことが知れわたらないうちに」

彼は大きく息を吐いた。「この週末にしよう」

ヘイゼルは茫然《ぼうぜん》自失の状態からやっとわれに返った。「待って、レイフ――」

レイフの指が痛いほど彼女の腕に深くくいこんだ。「まだ式の日取りは相談していなかったんだ」

それを聞いて、ふたたびサラの目に非難の表情が戻った。「わたしが口を出す問題ではないと思いますが、でも、旦那様――」

レイフが上掛けをはねのけて立ちあがった。「そのとおりだ、サラ。口出しは無用だ。結婚式は今度の土曜だ。きみにもぜひ参列してほしい」

「もちろん参列させていただきます。ただ――」

「よかった。じゃ、もう行っていい――」

「まずここを片づけます」サラはひざまずいて割れた食器を拾いはじめた。「コーヒーと砂糖が染みこんでしまっていますから、洗剤で洗わなくては」

ヘイゼルはベッドから飛びだしてサラに駆けよった。「手伝わせて」

レイフの厳しい声が飛んだ。「人前に出られるような格好じゃないぞ」

はっとしてヘイゼルが自分の体に目をやると、大きすぎるパジャマが太腿のなかばまでたれさがり、胸もとは大きく開いていた。彼女の顔が真っ赤になった。「ごめんなさい。忘れていたの……」

レイフがからかうように笑った。「ぼくに謝る必要はないさ。その眺めを楽しんでいるから。だが、サラのためには、バスルームに行ってちゃんと服を着てきたほうがいいだろう」

サラが立ちあがり、ふたりの格好に目をやった。レイフはパジャマのズボンだけを身につけ、ヘイゼルが着ているのはそのパジャマの上だけだ。「いまは失礼したほうがいいようですね。絨毯《じゅうたん》の掃除はあとにしましょう」

「待って、サラ！」ヘイゼルは目に懇願の色を浮かべてサラを引き止めた。

サラはヘイゼルの手をぎゅっと握った。「いいんですよ、ヘイゼルお嬢様。世間の常識からははずれていますが、お嬢様が幸せならそれでいいんです」

サラが出ていくと、ヘイゼルはレイフに食ってかかった。「どうしてあんなことを言ったの？　わたしと結婚するなんて。いまはごまかせても、結婚が嘘《うそ》だとわかったらもっと気まずいことになるのよ」

「いや、嘘じゃない。結婚する」レイフが静かに言った。

「まさか……嘘じゃない？」

レイフが顔をゆがめてヘイゼルの服を彼女に向けて放った。「頼むから、さっさと着替えてくれ！　きみの計画は成功した。だから、もうそんなことはしなくてもいいんだ」

「なんの話をしているの？」ヘイゼルはたじろいだ。レイフはクローゼットの扉を開けて服を選びはじめた。「いいアイデアだったよ。ぼくはまんまと罠《わな》にはまってしまった」

「罠って何？」ヘイゼルの頭が混乱していく。

ふりむいたレイフの目に蔑みの表情が浮かんでいた。「もう芝居をする必要はないと言っているんだ。復讐《ふくしゅう》の目的は果たされたんだから」

「復讐？」ヘイゼルの声に驚きがにじんだ。

「ぼくはきみを過小評価していた」レイフはベッドの端に腰を下ろした。「アメリカにいるあいだに知恵を身につけたようだな。こうなったら、男を罠にかけて結婚に追いこむ方法だけじゃなくて、結婚後に男を満足させる方法も身につけていることを願うよ」

「レイフ！」

彼は首をふった。「きみがこんな卑劣なまねをするなんて、信じられない。覚悟はできているんだろうな。結婚するからには、ぼくは夫としての権利を最大限に発揮させてもらう」

「結婚なんてできないわ。こんな形では」

「ほかにどうしろというんだ？　こうなったのはきみのせいじゃないか」

「わたしの？」ヘイゼルは、バスルームに向かうレイフを目で追った。

「よくある手だ。きみはこういう結果になることを期待して、ここへ来たんだろう」

ヘイゼルはかっとしてバスルームのなかまで彼を追いかけ、鏡のなかのレイフをにらみつけた。「べッドに入れと誘ったのはわたしじゃないわ！」

「朝までここにいる必要はなかった。誰かに見つかる前にさっさと自分の部屋に戻ればよかったんだ。だが、それでは、きみの目的は果たせなかった」レイフは吐き捨てるように言った。「まあ、いいさ。ぼくが簡単にきみの計略に屈すると思うなよ。きみはぼくを罠にかけた。だから、ぼくはきみのこれからの生活を地獄にしてやる」

「レイフ、わたしの話を聞いて――」

彼は荒っぽくヘイゼルをバスルームから追いだした。「きみの話はもう充分に聞いた。こうなったら、結婚以外にサラを納得させることはできないだろう。サラは家族も同然の人間だ。ぼくは彼女の気持ちを傷つけたくない」

「間違ってるわ、レイフ。そんな理由で結婚するなんて！」

「きみに追いこまれなければ、結婚などしなくてすんだ。さあ、着替えの邪魔をしないでくれ。ぼくは仕事に行かなくてはならない」

「仕事はだめよ。昨日倒れたのに」

「ああ、倒れたのは昨日だ。今日は元気だよ」

「ドクター・バインが――」

「デイヴィッドのことは忘れろ」レイフはヘイゼルの言葉をさえぎった。「ついでに、これまで知りあったほかの男のこともすべて忘れるんだ。きみはぼくの妻になるんだから、貞節を誓え」

「あなたはどうなの？　貞節を守るの？」

「きみがちゃんとぼくを楽しませてくれれば」彼女の鼻先でぴしゃりとバスルームのドアが閉まった。

閉まったドアを見つめているうちに、ヘイゼルの胸に怒りがこみあげてきた。いったい何様のつもり？

レイフはヘイゼルが復讐のために結婚を仕組んだと思っているようだが、まったくの勘違いだ。彼はほんとうの夫婦としての生活を期待している。だから、結婚式まで幻滅させずにおこう。でも、そのあとで……そう、かならず思い知らせてやる。

心が決まると、ヘイゼルは自分の部屋に戻ってシャワーを浴び、着替えてから階下に下りた。ダイニングルームに近づくにつれて、感情的な話し声が聞こえてきた。

ちょうどダイニングルームから出てきたサラが、ヘイゼルに気づいて言った。「いまはお入りにならないほうがいいです。シーリア様が結婚のことを耳になさったところですから」

「そう」

「ええ。それで、あまりお喜びではないようで」

なんとも控えめな表現だ。「そうでしょうね。でも、いつかは対決しなくてはいけないのよ」

ヘイゼルは深呼吸してからダイニングルームのドア口に立ち、しばらくようすをうかがった。

シーリアの顔は怒りで真っ赤になっていた。「どうしてもあの娘と寝たいなら、せめて使用人に見つからないようにできなかったの？　ホテルにでもどこにでも連れていけばいいじゃない。でなければ、前のときみたいにあの丸太小屋に行くとか」

「どうして――」

「あら、来たのね」ヘイゼルに気づいて、シーリアが言った。「入りなさいよ、ヘイゼル。話題はあなたのことなんだから」

「シーリア！」レイフが言った。「もうやめろ。ヘイゼルとぼくは結婚する。話はそれで終わりだ」

「終わり！　終わりですって？　冗談じゃないわ。この女は兄さんを罠にはめたのよ。しかも、この女の餌食になったのは、兄さんが最初で最後というわけじゃない」シーリアは耳障りな笑い声をあげた。

「ほかにも大勢いるのよ！」

「ヘイゼルを最初に抱いたのはぼくだ」レイフが静

かに言った。「それはわかっている」

「そのあと、いったい何人の男がいたかわかってるの？　この女の部屋にある金とオニキスのブラシと櫛《くし》のセットを見てないの？　餞別《せんべつ》にもらったなんて言ってるけど、くれたのは男でしょう？」

ジョシュにもらったときのうれしさを思いだして、ヘイゼルの顔が赤くなった。「それはそうだけど、でも……」

「ほらね。この女は売春婦も同然なのよ！」

シーリアの頬がぶたれ、レイフの指の跡がくっきりと残った。レイフの目には冷たい怒りが浮かんでいた。「二度とそんなことを言うな。わかったな」

シーリアは目に憎悪の光を浮かべて頬を押さえた。

「でも、この女は……」

「わかったな、シーリア？」レイフが奇妙に柔らかな声でくり返した。

「大嫌いよ、ふたりとも！　結婚なんかしたら、わたしはこの家から出ていくから」

レイフは肩をすくめた。「勝手にするがいい。結婚式は予定どおり執りおこなう」

「わたしは本気よ、兄さん」

「ぼくもだ」彼は座ってコーヒーに手をのばした。

シーリアは怒りに満ちた目でもう一度兄をにらみつけてから、ドアに向かった。

ヘイゼルは一歩前に踏みだした。「わかってちょうだい、シーリア。わたしたちは――」

シーリアが憎悪に満ちた目をさっと向けた。「わかってるわよ！　これがあなたの最初からのたくらみだったんでしょう。あなたはずっとサヴェッジ館の女主人の座を狙っていた。そのために傷跡だらけの中年の男と結婚しなくちゃならないなんてお気の毒ね！」

激しい怒りがこみあげて、ヘイゼルの手が震えた。

「出ていって。いますぐここから出ていって！」

「出ていくわよ。二度と帰ってこないわ」

「わたしがいるかぎり、二度とあなたをこの屋敷に入れないわ」ヘイゼルはきっぱりと宣言した。

「あら、そう。中年の男が、自分の年の半分しかない小娘にのぼせあがるなんて。いったいいつまで持つかしらね」悪意に満ちた言葉を残して、シーリアは立ち去った。

ヘイゼルはレイフに視線を向けた。日焼けした肌が灰色っぽくなり、目にひどく暗い表情が浮かんでいる。ヘイゼルは彼に駆けよると、その頭を胸に抱きよせた。「気にしてはだめよ、レイフ！　シーリアは本気で言ったんじゃないのよ」

レイフはヘイゼルを押しのけた。「だが、あいつの言ったとおりなんだ、ヘイゼル。きみにもわかっているはずだ」彼の唇に冷たいほほえみが浮かんだ。「傷跡だらけの男の妻と呼ばれてまで、ぼくに復讐する価値があるのか？」

レイフはまるで自分自身をさいなむのを楽しむかのように、シーリアの言葉をくり返した。冷酷さの仮面をかぶって、心の傷を隠そうとしているのだ。

「価値はあるわ」ヘイゼルは静かに言った。愛する人と結婚するためなら、どんなことにも耐えられる。

「そうか。では、ブラシの贈り主は誰だ？」

「あれは餞別の品で……」

「誰にもらった、ヘイゼル？」レイフの声には、有無を言わさぬ厳しさがあった。

「ジョシュよ」しぶしぶヘイゼルは答えた。

「捨ててしまえ」冷たい声だった。

「いやよ、レイフ。すごくきれいなブラシ――」

「捨てろ。ほかにも……以前つきあった男からもらったものがあるなら、全部捨てるんだ」

「レイフ、そんな関係じゃなかったのよ！　ジョシュはただの友人だったの」

「何が友人だ。妊娠しているとしたら、その子の親はジョシュかもしれないと認めたくせに！」

「あれはあなたの反応を試しただけよ。あなたがわたしに興味を持っているかどうか知りたかったの」

「きみの恋人の名前を聞いて、ぼくがどんな反応を示すというんだ？　どうせひとりだけじゃなかったんだろう」レイフは話を断ち切るように立ちあがった。「だが、全部の名前を知りたいとは思わない」

ヘイゼルは首をふった。「あなたは思い違いをしているわ、レイフ。恋人なんていなかったの」

レイフの反応は激しかった。「どこまでぼくをばかにする気だ？　ぼくの体は完璧からはほど遠いが、頭にはどこも悪いところはないんだぞ。いいか、ヘイゼル、ぼくはきみの欲求の強さをよく知っている。三年も男の体にふれずにいられるはずがない」

「お願いだから、そんなことを言わないで」ヘイゼルがどんなに傷ついたか、けっしてレイフにはわからないだろう。レイフ以外の男性に対して欲望をおぼえたことなどないのに。

レイフの唇が冷笑にゆがんだ。「きみはぼくの妻になる。だが、ぼくがきみに望む行動は、たったひとつだけだ。それが何か、わかっているな？」

わかっていても、ヘイゼルはそれを実行するつもりはなかった。そんなふうに利用されるのはいやだ。

「ええ、わかっているわ」彼女は静かに答えた。

ひとりになると、ヘイゼルはコーヒーに手をのばした。彼女はレイフの妻になる。だが、結婚生活は夫婦のどちらにとっても快適なものにはならないだろう。結婚の夜の彼の激しい怒りが、すでにヘイゼルには想像がついた。きっと恐ろしい一夜になるだろう。

カップのコーヒーを最後の一滴まで飲み干したとき、表のドアが乱暴に閉まる音が聞こえ、続いて急速に加速して消えていく車のエンジンの音がした。

サラがダイニングルームに入ってきた。「シーリア様が出ていかれました」

「そうだと思ったわ」

「きっとシーリア様は結婚に反対なさると思っていましたよ。頑固でわがままな方ですから」

ヘイゼルは両手に顎をのせた。「シーリアが怒るのも当然かもしれないわ」

「怒る？　あれが？　これまで何度もシーリア様が怒るのを見てきましたけど、あそこまでひどい癇《かん》癪《しゃく》を起こすのを見たのは初めてですよ」

ヘイゼルは笑った。「想像がつくわ」

「何か召しあがりませんか？　おいしいベーコンエッグでもいかが？」

食べ物のことを考えただけで体が震えそうになり、ヘイゼルは立ちあがった。あまりにいろいろなことが起きて、とても食事が喉を通りそうにない。「ありがたいけど、けっこうよ、サラ。書斎に行って、日曜日にやりかけていた仕事を片づけるわ」


サラがコーヒーカップをトレイにのせた。「今日仕事をするおつもりではないでしょうね？」

「レイフが仕事に行ったんだから、わたしも仕事をするしかないと思うわ」

「でも、ウエディングドレスを選んだり、いろいろしなくてはならないことがありますよ」

ヘイゼルの顔に、寂しげなほほえみが浮かんだ。「白いウエディングドレスは着られないわ。今朝のことがあるもの」

「たしかに少し早すぎましたが、愛というのは人を衝動的にするものです。このごろの若い娘のことを考えれば、お嬢様には充分白いドレスを着る資格がおありですよ。でなければ、村の人たちががっかりするでしょう」

「村の人たち？」

「土曜日に村の教会で式を挙げると、旦那様からお聞きしましたよ」

ヘイゼルは肩をすくめた。「彼が言うなら、きっとそうなんだわ。じゃ、わたしは書斎にいます」

仕事を終えて、ヘイゼルが庭でくつろいでいると、サラに案内されたトリーシャがやってきた。

彼女はヘイゼルの顔を見て声をあげた。「ああ、痛むでしょう！」

ヘイゼルは隣の椅子を友人に勧めた。「たいして痛みはないの。見た目はひどいけど」

「昨日お見舞いに来ようと思っていたんだけど、夕方電話したら、サラがあなたは安静にしていなくちゃいけないって。それで、今日学校が終わってすぐに飛んできたの」

「うれしい。少し話がしたかったの」

「シーリアのこと？」

「彼女、出ていったわ」残念だという気持ちはなかった。今朝あんな言葉をレイフに投げつけたのだから、もうシーリアはこの屋敷にいるべきではない。

「出ていった？」

「ちょっと家庭内でごたごたがあったの」

トリーシャがためらうように唇を舌で湿した。

「それって、あなたとレイフが結婚するって噂《うわさ》が村に流れてることと何か関係があるの？」

ヘイゼルは眉を上げた。「もう広まったのね」

「つまり、噂はほんとうってこと？」

「そうよ」

「驚いた……とても信じられない！」

「信じてちょうだい、トリーシャ。今度の土曜日に結婚するの」

トリーシャの顔が険しくなった。「少し唐突すぎない？　村の人たちにあれこれ噂されるわ」

ヘイゼルは肩をすくめた。「しかたがないわ。半年待ったとしても、あれこれ噂されるのは同じよ」

「でも、どうしてそんなに急ぐの？」

「引きのばしても意味がないからよ。わたしがずっとレイフを愛していたことは、あなたも知っているでしょう?」

「三年前までそうだったことはわかっていたわ。でも、いまはどうなのか知らない。レイフとミセス・クラークが踊っているのを見てあなたが動揺したから、いまも愛しているのかなとは思ったけど、確信はなかったわ。それに、レイフはどうなの? あなたを愛しているの?」

きかれたくない質問だったが、やはり避けては通れなかった。ヘイゼルは明るくほほえんで、なんとかごまかそうとした。「婚約したばかりの女性にそんなことをきくのって、変じゃない?」

「でも、きいておくべき質問よ。どうなの、ヘイゼル?」

ヘイゼルはごくりと喉を鳴らした。「いいえ」

「それじゃ、どうして――」

「どうしてレイフがわたしと結婚するかって? 結婚しなくてはならないと思ったからよ」

「でも、たったいま……」

ヘイゼルはため息をついた。「ほんとうなの。事情を話せば長くなるし、あまり楽しい話とは言えないけど」彼女は友人に今朝のできごとを語った。困惑と恥ずかしさと、レイフの妻になれるという純粋な喜びを感じながら。「わたしは心から彼を愛しているのよ」

トリーシャがくすくす笑いだした。「寝室に入ったときのサラの顔を想像したら、おかしくて」

ヘイゼルにもその笑いがうつった。「あのときは、わたしもレイフも笑うどころじゃなかったわ」

「わたしは彼があなたを愛していると思うわ。愛していないなら、なぜ結婚するの? 知っているのはサラだけだもの、噂なんていずれは消えるわ」

「レイフは、そうは思っていないのよ。それに、結婚する理由は愛情だけじゃないわ。まず何よりも欲望が存在するのよ」

トリーシャの顔が赤くなった。「レイフはそんなこと……」

「彼ははっきりわたしに宣言したの。彼は正義の騎士じゃなくて、ただの男なのよ。でも、結婚の理由がなんであれ、わたしはかまわない。彼と結婚すること自体がわたしの望みなの。そうすれば、いつか少しは彼に愛してもらえるようになると思う」

だが、そのヘイゼルの確信が揺らいだのは、レイフが夕食にも姿を見せないとわかったときだった。きっとジャニーン・クラークのところにいるのだ。ヘイゼルはたったひとりで夕食をすませた。サラの哀れみの視線を痛いほど意識しながら。

居間でコーヒーを飲むころには、ヘイゼルのいらだちは沸点に達していた。レイフはどうしてこんな仕打ちをするの？　どうして？

レイフの行動は、ヘイゼルの復讐への決意を強固にしただけだった。どんな苦しみが待っているか、レイフはまだ知らない。でも、すぐに思い知ることになるだろう！

居間のドアが開き、ヘイゼルは期待に満ちた視線を向けたが、姿を見せたのはサラだった。

「シーリア様にお客様です。お留守だと申しあげると、帰るまで待たせてほしいとおっしゃって」

「どなたなの？」

「ミスター・ローガンです」

カールがシーリアに会いに来たなんて！「ここにお通しして、サラ。わたしが会うわ」

焦げ茶色のスーツと淡褐色のシャツを身につけたカールが部屋に入ってきた。ヘイゼルの顔を見てほほえむ。「同じだな！」

ふたりの目の周囲のあざは、黒から黄色っぽい色に変わりかけていた。ヘイゼルもほほえみ返して、椅子を勧めた。「どうぞ。何か飲み物はいかが？」

「いや、いいよ。今夜はシーリアとデートの約束なんだけど、いま出かけてるって言われたんだ」

「シーリアは出ていったのよ、カール」ほかにどうすればいいかわからなくて、ヘイゼルは言った。

カールの顔に困惑が浮かんだ。「出ていったって、どういう意味だい？」

ヘイゼルの口からため息がもれた。「今朝出ていってしまって、たぶんもう戻らないと思うの」

カールの顔から血の気が引き、体がゆっくりと椅子に沈んだ。「永久に出ていったということ？」

「そうだと思う。あまりに急だったから、たぶんあなたとの約束を忘れてしまったんだわ。思いだしたら、連絡するんじゃないかしら」そんな確信はなかったけれど、シーリアにもこのかわいそうな青年に謝るぐらいの思いやりがあることを祈るしかない。

「やっぱり何か飲んだほうがいいと思うわ」ヘイゼルがグラスにたっぷりウイスキーを注《つ》いで差しだすと、カールはいっきに半分ほど飲んだ。「少しはましになった？」

カールはうなずいた。「でも、よくわからない。ゆうべ一緒に出かけたときには、ここを出ていくなんて言っていなかったのに」

「急な話だったのよ」

「誰かが病気にでもなったのかい？」

たとえそうだとしても、一目散に病床に駆けつけるシーリアなど想像もできなかったが、恋に夢中になっている男にそれを言ってもしかたがない。ヘイゼルは唇を噛《か》んだ。「どう説明したらいいのかわからないんだけど、その……シーリアはわたしと彼女の兄の結婚が気に入らなかったの」

「きみがレイフ・サヴェッジと結婚する？」

「ええ」

「それで、どうしてシーリアが出ていくんだ？」

「シーリアの気持ちを想像してみて。彼女はずっとこの屋敷の女主人として暮らしてきた。いまになってレイフに妻ができるという事実を受け入れるのは難しいのよ」おそらくシーリアは、いまさらレイフが結婚するとは予想していなかったのだろう。

「そうだとしても……」

「きっと戻ってくるわ、カール。大丈夫よ」レイフに財布の紐《ひも》を握られているかぎり、いずれ帰ってこないわけにはいかないはずだ。

カールが大きく息を吐いた。「そうか。きみは従《いと》兄《こ》と結婚するのか」

「従兄じゃないわ、カール。血のつながりはないの。父がわたしを連れて、レイフの従姉《いとこ》と結婚したのよ」

カールが立ちあがった。「もう行かなくちゃ。すっかり時間をとらせてしまって悪かった」

ヘイゼルも立ちあがった。「あら、まだいいでしょう、カール」ひとりでここにいたくなかった。


「いや、ぼくは――」

「もう少しいてやってくれ、ミスター・ローガン」開いたドアから、レイフの声が聞こえた。「ぼくの婚約者はどうしてもきみと一緒にいたいようだから、がっかりさせてはかわいそうだ」部屋のなかに入ると、彼はゆっくりとドアを閉めた。「ぼくのことは気にしなくていい。無視してくれ」彼は自分のグラスにウイスキーを注いだ。

カールが困惑しているのがわかって、ヘイゼルは言った。「レイフ！　お客様を困らせないで」

レイフがカールに冷たい視線を向けた。「ぼくの客じゃない。きみの以前の恋人をぼくがもてなすとは思わないでくれ」

「レイフ！」ヘイゼルの顔が蒼白《そうはく》になった。

「気にしないで、ヘイゼル」カールが口をはさんだ。「どちらにしろ、もう帰るところだったんだから。失礼します、ミスター・サヴェッジ」

ヘイゼルは彼を追って廊下に出た。「ほんとうにごめんなさい、カール」

彼はヘイゼルの手をぎゅっと握って言った。「いいんだよ。立場が逆なら、きっとぼくも嫉妬していただろうから」

ヘイゼルはほほえんだ。「ありがとう」

居間に戻ったとき、ヘイゼルのほほえみは跡形もなく消えていた。レイフは新たにウイスキーを注いだグラスを手に立っていた。「いったい何杯飲むつもり？」

「まだ足りないね」うめくように言って琥珀《こはく》色の液体を喉に流しこむと、彼はまたグラスを満たした。

「飲みすぎよ！」ヘイゼルの声が、怒りに震えた。「部屋に入ってくるなり、お客様を非難するなんてどういうつもりなの！　やましいことをしていたのは、あなたのほうでしょう」

「ぼくが何をしていたというんだ？」

「ジャニーン・クラークのところにいたんでしょう。ベッドに入っていたんでしょう」

「そうかもしれない」

嘲るような口調に、ヘイゼルはかっとなった。

「もう寝ます。おやすみなさい」

「せいぜいひとりのベッドを楽しんでおくんだな。土曜の夜からは、ぼくがずっときみと一緒にすごすんだから」

部屋に戻るあいだも、ヘイゼルの怒りはおさまらなかった。土曜の夜、レイフはとんでもないショックを受けるだろう。そして、ヘイゼルはのたうつ彼を見て楽しむのだ。そう、きっと楽しくてしかたのない眺めになる。

9

ふたりの結婚は村じゅうの人々の関心を引き、招待客の何倍もの人数が教会につめかけた。準備はレイフによってすみやかに進められ、ウエディングドレスまでちゃんと用意された。

ほんとうに美しいドレスだった。胸のすぐ下に縫いつけられた白いシフォンのレースが、ふんわりした雲のように裾まで流れ落ち、ネックラインは胸の曲線があらわになるほど深く刳《く》られていたが、レースにパールを縫いつけたチョーカーがあらわすぎないように素肌を隠してくれた。長く美しいレースのベールは、パールの髪飾りで留められていた。

木曜日にドレスメイカーがそのドレスを持ってき

たとき、ヘイゼルは何かの間違いだと思った。だが、レイフが注文したのだと聞いて、やっと納得したのだった。

ヘイゼルはドレスが届いたことをわざとレイフに言わなかった。というより、結婚式そのものを一度も話題にせず、何もかもレイフに任せたままだった。彼も何も言わず、ただ式の時刻を告げただけだった。

レイフがカール・ローガンに無礼な態度をとった日から、ヘイゼルとレイフはほとんど口をきかずにすごしてきた。レイフは毎日外出してばかりいたし、たとえ家にいるときでもヘイゼルが彼の姿を捜すことはなかった。

だが、今日、ついに結婚式が挙げられた。司祭が満面の笑みを新郎新婦に向け、友人たちが幸せを祈ってくれた。

式後には、二十人ほどを招待して、ホテルで祝いの食事が饗《きょう》され、そのあいだじゅうヘイゼルは客たちの好奇心に満ちた視線を意識せずにはいられなかった。

そして、ようやくすべてが終わり、ふたりは屋敷に戻った。レイフはあっという間に書斎に消えてしまい、ヘイゼルは着替えのために自分の部屋に向かった。だが、驚いたことに、部屋からは彼女の衣類がすべてなくなっていた。

怒りに口もとをこわばらせて、ヘイゼルはレイフの部屋に行ってみた。クローゼットと引き出しに、彼女の服がおさめられていた。怒りがますます激しく燃えあがり、ヘイゼルは足音も荒く階段を駆けおりると、ノックもせずに書斎のドアを開けた。

デスクに向かっていたレイフが顔を上げた。式のときに身につけていたグレイのズボンははいたままだが、上着と濃いグレイのネクタイはとっていた。彼はゆったりと椅子の背に寄りかかった。「何か用か?」

その落ち着きはらった態度は、ヘイゼルの怒りをさらに増大させただけだった。「わたしの服が全部あなたの部屋に移されていたわ」

「なぜそんなことで大騒ぎをするんだ? サラがよかれと思ってしてくれたことだ」

「あなたの指図でしょう」

「だったら、どうなんだ?」

「あなたの傲慢さの象徴ってことよ。勝手にわたしの服を移動させるなんて! 今夜わたしが自分でしてもよかったのに」

「だが、きみはするつもりはなかった。問題はそこだ」

「したかもしれないわ」

「〝かもしれない〟ではだめなんだよ」腹が立つほど静かな声で、レイフが言った。

「わたしは自分のものを他人にさわられたくないの。たとえ、サラでも」

レイフの青い目が鋭くなった。「見つかると困るものでもあるのか？　昔の恋人からの手紙とか」

「違うわ！　わたしは――」

「昔の恋人で思いだしたが」レイフが冷たくヘイゼルの抗議をさえぎった。「例の櫛《くし》とブラシのセットは、ぼくの部屋にはないぞ」

「な……ない？」

「サラに、捨てろと言っておいた」

「なんですって？」ヘイゼルの胸に冷たい怒りが燃えあがった。「あなたにそんな権利はないわ！」

今度はレイフが怒りを爆発させた。「ある！」彼はデスクの向こうから出てきて、ヘイゼルの肩をつかみ、激しく揺すぶった。「きみはもうぼくの妻なんだ、ヘイゼル！　ぼくの妻だ！　妻がほかの男の思い出の品を持つことを、ぼくは断じて許さない」

彼の目に燃える怒りの炎におびえながらも、ヘイゼルは彼の手から身をふりほどくことができなかった。計画がうまくいくかどうか、不安が彼女を襲った。結婚しても体の関係を持つつもりはないとヘイゼルが宣言しても、はたしてレイフがそれを受け入れるだろうか。レイフという男はひどく残酷にもなれる人だ。ヘイゼルの意思などかまわず、彼女を奪う可能性もある。

「あなたにはわからないの、レイフ？　ほかの男なんて、どこにもいないのよ」

レイフはヘイゼルを押しのけて、デスクの後ろの椅子に戻った。「だが、それを証明するものはない。そうだろう？　何度きみがそう主張しても、それが真実かどうかぼくが知るすべはない」

ヘイゼルはデスクの前に仁王立ちになった。「でも、もしわたしが――」

レイフの冷酷な笑い声がヘイゼルの言葉をさえぎった。「あんなふうにぼくをおとしいれて結婚に追いこんだあとで、まだきみを信じろというのか？」

ヘイゼルの肩ががくりと落ちた。「あなたをおとしいれたりしていないわ」

「じゃ、あのきみの行動はなんだったんだ？　さあ、早くここから出ていって、そのくだらないドレスを脱げ！　きみは結婚という行為を愚弄している！」

ヘイゼルは引きちぎるように髪からベールをはずして、デスクの上に放った。「このドレスを選んだのはあなたでしょう。わたしは、着ろと言われたから着ただけよ！　それで、いったいどんな服に着替えればいいの？　胸の大きくあいたブラウスと、太腿までスリットの入ったスカート？　そのほうが、あなたがわたしに望む役割にぴったりでしょう？」

「きみが演じたい役にぴったりだ」レイフは冷たく言った。「だが、そんな服は必要ないと思う」

「あら、じゃ、今夜のために透け透けのナイトウエアを引っ張りだしておくわ」

「好きにしろ。どうせ長くは着ていられないんだ」

ヘイゼルは怒りに肩をこわばらせて書斎を出た。今夜計画している復讐《ふくしゅう》だけが、唯一の心の支えだった。わたしをこんなふうにあつかったら、どんなことになるか教えてやる。わたしを踏みつけにするのは許されないと、教えてやるのだ。

夕食のとき、レイフが不機嫌なヘイゼルを予想していたとしたら、それは大きな間違いだった。ヘイゼルはずっと口もとにほほえみをたたえて、陽気におしゃべりした。レイフがわずかにたじろいだようすを見せると、ヘイゼルはますます元気になった。

サラは終始晴れやかな笑顔で給仕をし、コーヒーを運んでしまうとさっと姿を消した。そのあからさまな家政婦の態度を見て、レイフは嘲笑めいた笑みを浮かべた。

「どうやらサラは、ぼくたちの結婚を世紀のロマンスだとでも思っているようだ」

「きっとそうなのよ、彼女にとっては」レイフの皮肉にひるむことなく、ヘイゼルはほほえみを絶やさなかった。

レイフが肩をすくめた。「それで彼女が幸せならかまわないさ」

「あなたは幸せじゃないの？ 考えてもみて、レイフ、あなたのベッドには、これから毎晩女性がいるのよ」ただし、〝いる〟だけだ。

「だが、ぼくの選んだ女性じゃない」

「心配しないで、レイフ」彼の敵意をものともせず、ヘイゼルは楽しげに言った。「せいいっぱい努力するから」

「せいぜい頑張るんだな」

ヘイゼルは立ちあがった。「ええ。じゃ、またあとでね」

レイフの顔に驚きが浮かんだ。「どこへ行く？」

「ベッドよ」

レイフの唇がゆがんだ。「ずいぶん性急だな」

そのとおりだ。だが、理由は、レイフの思っているものとは違う。「疲れただけよ。四日間、ほんとうに忙しかったから。おやすみなさい」

「いや、その挨拶にはまだ早い。ぼくは少し仕事をするが、三十分もしたら二階に上がる」

「わたしのことを気にして急ぐ必要はないのよ」

「それは大丈夫だ。もしきみが眠っていたら、そのときは起こすよ。せっかくの結婚初夜だからな」

「あら、眠ったりはしないわ。楽しみにしてます」

それはほんとうだった。名前の上でしか妻になるつもりはないと拒絶されたときのレイフの顔を見るのが楽しみで、待ちきれないほどだった。

ゆっくりヘイゼルの全身を眺めまわすレイフの目が、少しずつ陰っていく。「きみをがっかりさせないようにするつもりだ」

「がっかりなんかしないわ、絶対に」

レイフの寝室に入るのは妙な気分だった。だが、いまのヘイゼルにはここを使う正当な権利があるし、彼の大きなダブルベッドで寝ても、誰かをぎょっとさせる心配はない。

ヘイゼルは真新しいナイトウエアを身につけた。白の薄いシルクの布地が、体の曲線をくっきりと見せながら足首まで流れ落ちている。細いリボンの肩《かた》紐《ひも》に、深く刳られた胸元。レイフがどんな顔をするか楽しみだ！

ヘイゼルはベッドに入って彼を待った。そわそわして、雑誌をめくっても何も頭に入らなかった。

やっと階段を上ってくるレイフの足音が聞こえたのは、二時間以上もたってからだった。ヘイゼルの心臓が飛び跳ねた。慌てて雑誌をおくと、彼女は上半身を起こしてつつましやかに座った。

レイフはじろりとヘイゼルを一瞥《いちべつ》しただけで、黙ってバスルームに消えた。シャワーの音が聞こえ、十分後に白いタオル地のバスローブ姿のレイフが寝室に戻ってきた。サイドランプの明かりを受けて、彼はまるでギリシア神話の神のように見えた。顔の傷跡が、謎めいた雰囲気をいっそう濃くしている。

ヘイゼルの機嫌を測りかねているように、レイフはまた彼女に視線を向けた。「こんなに遅くなるつもりはなかったんだ」唐突に、彼は言った。「きみがまだ起きているとは思わなかった」

「気にしないで」ヘイゼルは軽い口調で言いながら上掛けをはねのけた。「ちょっとバスルームに行ってくるわ。すぐ戻る」

ヘイゼルは、シルク越しに透けて見える体のラインをレイフにたっぷり見せつけておきたかった。伏せたまつげの下から、彼がじっとヘイゼルを見つめていることはわかっていた。明るい照明で体の線がよりはっきり見えるように、ヘイゼルはわざとバスルームのドアを開けたままにしておいた。ベッドに入る前から、レイフがすっかり興奮した状態になるようにしておきたかった。

部屋に戻りながら、彼女は疲れた体をほぐすように伸びをしたが、それは魅惑的な体の曲線を確実にレイフに見せつけるためだった。「ああ、思っていたよりずっと疲れているみたい」

「それは困ったな」レイフが低い声で言ってヘイゼルの背後に近づき、後ろ向きのまま彼女を引きよせた。「夜はまだ始まったばかりだ」ヘイゼルの首筋に唇をつけて、彼はささやいた。

ヘイゼルは彼の腕のなかで向きを変え、キスをせがむように顔を上げた。「わかっているわ、レイフ。ええ、ちゃんとわかってる」彼にとっては、長い失望の夜の始まりだ!

「思い出に残る一夜にしてほしい」

「忘れられない夜になるわ、きっと」

意外にも、レイフのキスは優しく情熱的だった。その親密さがうれしくて、ヘイゼルは臆することなくキスに応えた。

レイフの手はヘイゼルの背中から腰へと下りていき、自分の高まりにしっかりと彼女を引きよせた。「ずっとこのときを待ち望んできた」彼はうめくように言って、ナイトウエアの細い肩紐をはずし、敏感な喉もとのくぼみに唇をつけた。

ヘイゼルはレイフに体を押しつけ、指先に彼の髪を絡めた。「そんなに長く我慢しなくてもよかったのに」彼女は励ますように言った。

レイフが両手で彼女の頬を包みこみ、あざに軽く唇をつけた。「まだ痛むか？」

「いいえ」思いがけない気遣いがヘイゼルを驚かせた。「でも、花嫁としては妙な感じだったと思うわ。みんなの目には、あなたがわたしに暴力をふるっているみたいに見えたわね、きっと」

「だが、きみを罰するにはもっといい方法がある」

「どんな方法？　やってみせてちょうだい」

「いいとも」彼がほほえんだ。

今度は獰猛《どうもう》なほどの激しさで、レイフがヘイゼルの唇を奪った。片手は薄いナイトウエアの肩をはだけさせて、なめらかな胸を撫《な》でた。

「きれいだ、ヘイゼル。ぼくはきみが欲しい」

まだよ。まだだめ。ヘイゼルはレイフの身が欲望に震えだすまで待ってから、体を許すつもりはないと彼に告げるつもりだった。

だが、ヘイゼル自身の欲望をコントロールするのは簡単ではなかった。全神経が、レイフへの完全降伏を求めて叫んでいた。彼に降伏し、もう一度彼に身を任せてしまいたかった。だが、それは、自尊心を失うことを意味する。いまのヘイゼルに残されているのは自尊心だけなのに。

レイフがささやいた。「ベッドに入ろう。ぼくがもっときみに近づけるように」

それはヘイゼルの望みでもあった。でも、彼女はそれを拒絶しなくてはならない。「ああ、レイフ。キスして」

ヘイゼルは彼のバスローブのベルトを解き、熱っぽい両手で彼の背中を撫でた。レイフの体が震え、うめき声とともに唇が重ねられた。

ヘイゼルは誘うように体をこすりつけて、レイフの興奮を極限までかきたてた。唇を重ねたまま彼の腕に抱きあげられたとき、ヘイゼルは胸のなかで勝利の叫びをあげた。ふたりの重みでベッドが揺れ、レイフの体が彼女におおいかぶさった。

「バスローブを脱がないの？」

「脱がせてくれ」

「布地があなたの体の下敷きになっているから、いったん立たないとむりよ」

レイフは彼女を見つめたままゆっくり立ちあがった。「きみも脱いだほうがいいんじゃないのか？」

ヘイゼルはいかにも彼の言葉に従うようなそぶり

でゆっくり体を起こしたが、そのままさっと上掛けの下に潜りこんだ。「もう寝たほうがいいみたい」

彼女はあくびをしてみせた。「とても疲れたわ」

レイフはまだ欲望にくすぶる目で彼女を見つめたまま、必死に彼女の言葉の意味を理解しようとしていた。やがて彼は頭にかかった靄《もや》を払おうとするように首をふった。「何を言っているんだ？」

ヘイゼルはひるむことなく彼の視線を受けとめた。

「わたし、すごく疲れているのよ、レイフ」

「疲れている？」自分の耳が信じられないというように、彼はヘイゼルの言葉をくり返した。それから、ベッドに座り、彼女を見おろした。「いったい何をたくらんでいるんだ？」

ヘイゼルは無邪気に目を見開いて彼を見つめた。

「べつに、何も。疲れているだけよ」

「なるほど、そういうことか」うめくような声とともに、レイフの両手がぎゅっと彼女の肩をつかんだ。

「わざとこんなことをしたんだな」

レイフの怒りを感じながらも、ヘイゼルはまっすぐに彼を見返した。「わざと何をしたというの？」

彼は乱暴にヘイゼルを揺さぶった。「ぼくをそそのかした。だが、その目的は――」

「たいしてそそのかす必要なんてなかったわ」

「きみとぼくは、今朝結婚式を挙げたんだぞ」

ヘイゼルはぱっと上半身を起こした。「だから、わたしの体を自由にできると思っているのね？　残念ながら、あなたにはそんな権利なんかないわ」

「ぼくの見解とは違うようだな」

「あなたがどう考えようと勝手だけど、それを実行するのはあきらめるのね。あなたはわたしが結婚したがっていると思いこんで、わたしに結婚を強要した。でも、わたしはあなたとの結婚なんてまるで望んでいなかったのよ」嘘《うそ》つき！「なのに、あなたはわたしに選択の余地を与えなかった。それも、わたしに求めるのは、たまにわたしを抱くことだけだと宣言して」

「たしかぼくは、いつでもと言ったと思うが」

「ああ、そうね。いつでもだったわ。とにかく、わたしは決めたの。あなたにはわたしの体にふれさせないと」ヘイゼルは激しい口調で宣言した。

レイフが火傷《やけど》でもしたみたいにぱっと彼女から手を離した。「力ずくで奪うこともできるんだぞ」

「そうね。でも、それではきっとふたりとも楽しめないと思うわ。あなたは楽しみたいんでしょう?」

「ヘイゼル」レイフの顔に苦悶《くもん》の表情が浮かんだ。「こんな仕打ちはひどすぎる。ぼくは……ぼくはきみが欲しい」彼は荒い息をついた。「きみが欲しいんだよ、ヘイゼル!」

「ずっと欲しがっていればいいわ。絶対に手に入らないんだから」

レイフの苦悶の表情を見て、ヘイゼルは喜びをおぼえた。先週彼女がレイフによって味わわされたのと同じ苦悶。理由は違っても、つらさは同じだ。

「拒絶するために、きみはわざとぼくを誘ったんだな。いかにもぼくに――」

「愛されるときを待っているようなふりをして」と、ヘイゼルは彼の言葉を引きとって言った。「ええ、そのとおりよ。でも、それは不可能だわ! あなたは愛の行為という言葉の意味を知らないんだから」

「きみは知っているというのか?」

ヘイゼルはうなずいた。「ええ、知っているわ」

レイフが立ちあがり、引き出しを開けて黒いパジャマをとりだした。パジャマを着てから、彼はふたたびヘイゼルに顔を向けた。「ぼくではない男に教えてもらったというわけか?」

「そうかもしれないわね」だが、そんな男は存在していない。教えてくれたのは、三年前のレイフだ。

あのときのヘイゼルは、ほんとうに彼に愛されていると信じていた。翌朝のレイフの態度で冷たい現実を突きつけられるまでは。

「いいだろう、ヘイゼル。これがきみの望みなんだな」レイフはベッドに入って彼女に背を向け、自分のわきの明かりを消した。

固い壁のようなレイフの背中を、ヘイゼルは長いあいだ見つめていた。手をのばし、わたしもあなたが欲しい、あなたを愛している、と告げたかった。でも、そんなことをすれば、さらに傷つくことになるだろう。いまでも充分に傷ついているのに。

「おやすみなさい、レイフ」ヘイゼルはささやくように声をかけた。

「のんびり休める気分じゃない」レイフがそっけなく言い返した。

ヘイゼルも同じだったが、それを彼に知られたくはなかった。意識して呼吸を深く規則的に整え、眠ったふりをする。すると、まもなくほんとうに彼女は眠ってしまった。ひどく疲れていたのだ。

目ざめたとき、ヘイゼルはひとりだった。レイフによってかきたてられた興奮の名残を感じて、思わずうめき声をもらす。唯一の慰めは、彼の苦悶のほうが十倍も大きかったはずだという思いだった。

ゆっくりシャワーを浴び、慎重に選んだ白いサンドレスを身につけた。胸のふくらみのすぐ上まであいたスクエアネックで、シンプルなデザインが細いウエストとたおやかな腰の線をはっきりと見せ、日に焼けた脚を目立たせてくれる。それを着た自分がすてきに見えるとわかっていて、彼女はそのサンドレスを選んだのだった。

ダイニングルームには、レイフがひとりでブラックコーヒーのカップを前にして座っていた。テーブルの端には、吸い殻でいっぱいになった灰皿がおかれている。顎には髭《ひげ》がのびていて、彼が何時間もここに座っていたのだとわかった。

ヘイゼルに向けた目は充血していたが、どうやら睡眠不足のせいではなさそうだった。「朝の挨拶なんかするな。暴れたくなる！」

彼の向かい側に腰を下ろすと、ウイスキーのにおいがした。「コーヒーは酔い覚ましのため？　それとも眠気の解消？」

「両方だ」

ヘイゼルは顔をしかめた。「サラはこのありさまを見たの？」

「コーヒーを持ってきたということは、当然見たんだろうな。そんなにいやな顔をするな。もとはと言えば、きみのせいなんだから」

「わたしのせい？　なんのことかわからないわ」

ふいにレイフが立ちあがった。脚がふらついている。「いや、わかっている。きみが一晩じゅう赤ん坊みたいにすやすや寝ているあいだ、ぼくはずっときみを見ていたんだ」

ヘイゼルは自分のカップにコーヒーを注《つ》いだ。手は震えなかった。「変な時間のすごし方をしたのね、レイフ。あなたも眠ればよかったのに」

レイフのこぶしが激しくテーブルを打ち、コーヒーカップと皿がかちゃかちゃと音をたてた。「そうさ、眠ればよかったさ！」凶暴さのにじむ大きな声だった。「だが、きみのせいで眠れなかった」彼は耳障りな笑い声をあげた。「きみのそばに横になっているうちに、ぼくはとても正気ではいられなくなった。だから、ここに下りてきたんだ」

「そして、飲んだくれていたわけね！」

そこへ、サラが姿を見せた。「朝食をお持ちしましょうか？」落ち着いた態度で、彼女はヘイゼルにきいた。

「ありがとう、サラ。ベーコンエッグをお願いするわ」ふだんどおりに見せたくて、ヘイゼルは言った。

「旦那様は？」

「いらない」うめくように言って、レイフはドアに向かった。「悪いが、ぼくは部屋に戻る」

ヘイゼルは冷たい視線を向けた。「ぐっすり眠ってね」

レイフの唇が冷笑にゆがんだ。「そうするよ」

ばたんと音をたててドアが閉まった。

サラの不満そうな沈黙に気づいて、ヘイゼルはきいた。「サラ、どうかした？」

「わたしの目をごまかそうとしてもむだですよ。わたしはお嬢様が歯に矯正器をつけていたころから知っているんですから。旦那様のことは、もっと前から存じあげています。どうしてお互いにそう意地を張るんですか？」

「あなたにはわからないのよ、サラ」

サラは満杯の灰皿と汚れたコーヒーカップをとりあげた。「わたしが今朝七時にここに来たとき、旦那様はソファで酔っぱらっていらしたんですよ。すっかり空になったウイスキーの瓶が転がっていました」

ヘイゼルは立ちあがった。「気が変わった。朝食はいらないわ。浜辺に下りる」

ヘイゼルは終日、浜辺と丸太小屋ですごした。夕食の席に、レイフの姿はなかった。まだ眠っているのだろうと思ったが、サラが意外なことを告げた。

「旦那様は四時ごろお出かけになりました」

「ほんとう？」

「どこにいらっしゃったのかはわかりません」

ヘイゼルにはおおよその察しがついた。ジャニーン・クラークはとてもにこやかな態度で結婚式に出席していたが、それはきっとレイフが結婚しても彼らの関係が切れるわけではないとわかっていたからだったのだ。

レイフが寝室に入ってきたとき、ヘイゼルはすでにベッドに入って眠ったふりをしていたが、真夜中をすぎているのはちゃんとわかっていた。なぜなら、数分おきに時計を見てすごしていたからだ。

ベッドが揺れ、レイフの体のぬくもりが伝わってきた。そして、ジャニーン・クラークの使っている香水のにおいがヘイゼルの鼻をかすめた。やはりあの女のところに行っていたのだ！

「ヘイゼル……」レイフの手が撫でるように彼女の腕にふれた。「ヘイゼル、起きているのか？」

「ええ」低い声で、ヘイゼルは答えた。

ヘイゼルの太腿にレイフの太腿がふれ、彼が何も身につけていないことがわかった。「ヘイゼル。きみを抱かせてほしい。頼む、抱かせてくれ！」

ヘイゼルは彼の腕のなかで氷のように冷たく横たわっていた。いつも感じる熱い快感はわきあがらず、気になるのはほかの女の香水のかすかなにおいだけだった。レイフは、あの女の腕のなかからまっすぐヘイゼルのベッドにやってきたのだ。

「ヘイゼル？　今朝のことは悪かった。酔っぱらったことも謝る」彼の両手がヘイゼルの肩を撫でた。「ヘイゼル、頼むから口をきいてくれ！」

「おやすみなさい、レイフ」ヘイゼルはわざとけだるげな声で言った。

闇のなかで、レイフの目が光った。「いやだ。今夜はいやだ。頼む、ヘイゼル」

肌にふれようとする彼の唇から、ヘイゼルは逃れた。「これからも同じよ。前に言ったでしょう」

自制心をとりもどそうと、レイフが必死に深呼吸をくり返すのが聞こえた。「きみはぼくを憎んでいるんだな、ヘイゼル」

「ええ、そうだと言ったでしょう。二度とわたしにさわらないで！」今夜はもうほかの女を抱いてきたくせに！

10

ヘイゼルの二十一歳の誕生日が来たが、それは彼女にとって人生でもっとも惨めな日だった。結婚式から四日がすぎていた。苦悶《くもん》の四日間。ヘイゼルが罰しているのはレイフなのか彼女自身なのか、自分でもわからなくなっていた。

レイフが苦しんでいるのは、彼の機嫌の悪さでわかっていた。彼の目はこっそりヘイゼルの一挙手一投足をうかがっていた。夜は毎日同じようにすぎていった。夕食後レイフは書斎にこもるか外出するかで、寝室に入ってくるのはいつも真夜中ごろだった。どちらも口をきかないまま、レイフは寝支度をしてベッドにもぐりこんだ。

ヘイゼルを求めたのは月曜の夜が最後で、昨夜はすぐに背中を向けて眠ってしまった。今度は眠れずにとり残されたのはヘイゼルのほうで、明け方近くまで眠りは訪れなかった。

レイフへの復讐《ふくしゅう》のいちばんの問題点は、ヘイゼル自身がつらくてたまらないことだった。どうしてもレイフとジャニーンのことを考えずにはいられなかった。愛しているという言葉を胸のなかに抑えつけなくてはならないのは、ヘイゼルのほうだった。

そして、今日はヘイゼルの誕生日だというのに、レイフは祝福のカードの一枚さえ贈ってはくれなかった。朝食のテーブルには友人たちからのカードやプレゼントが積みあげられていて、ひとつ開けるたびにヘイゼルの興奮は大きくなっていったが、最後のひとつを開けてもレイフからのものはないとわかると、興奮はしぼんだ。

そのときダイニングルームのドアが開き、手紙を手にしたレイフが入ってきた。「おはよう」彼はよそよそしい口調で言った。「今朝届いた手紙に、朝のうちに返事を書いてほしい。それから、今夜の夕食にはかならず同席してくれ」

ヘイゼルの目に希望が浮かんだ。「わかったわ」

「何人か夕食に招待してある。その席にきみがいないと、妙に思われるからね」冷淡な口調だった。

「そう」ヘイゼルは落胆を隠すことができなかった。

レイフは彼女の誕生日など意にも介していないのだ。テーブルの上のカードもプレゼントも目に入らないらしい。「接待役なら、ミセス・クラークのほうが適任なんじゃない？」

「そうかもしれないな。だが、妻のきみが同席しないのはやはり変だろう」

むっとして、ヘイゼルは口もとを引きしめた。

「出席するわよ」

「それでいい」レイフが背中を向けた。「仕事にかかる用意ができたら書斎に来てくれ」

「わかったわ」レイフの姿が消えたとたん、こらえていた涙がいっきにあふれでた。彼から優しい言葉のひとつもかけてもらえないまま、一緒にここに住みつづけることなどできるだろうか？

ヘイゼルは彼を愛している。彼を求めている。だからこそ、こんなふうに一緒にいることには耐えられない。でも、この悲しみを、どうやって彼に伝えればいいのだろう？　方法はたったひとつしかない。けれど、レイフがいまもそれを歓迎するかどうか、ヘイゼルは確信できなかった。彼には、ジャニーンという存在があるのだから。

その夜、レイフに誇らしく感じてもらえるようにと、ヘイゼルは念入りにドレスアップした。雲のようにふわりと軽く足首まで流れる、黄色のシフォンのドレス。その色は彼女の小麦色の肌にとてもよく似合い、金髪にいっそうの輝きを与えてくれた。

ちょうどリップグロスを塗り終えたところに、レイフが入ってきた。ヘイゼルを見た彼の目が暗く陰った。「きれいだ」かすれた声で、彼は言った。

ヘイゼルの茶色の目が輝いた。「そう？　ほんとうに？」彼女は心の底から彼の賛辞が欲しかった。

「自分でもわかっているだろう」彼はまだヘイゼルを見つめていたが、その目は陰鬱だった。

「でも、わたしはあなたにそう思ってほしいの」ヘイゼルはかすれた声で言って、レイフの正面に立ち、誘うように顔を上向けた。「あなたにわたしの姿を気に入ってほしいの」

「なぜだ？」レイフは、開いた彼女の唇を無視した。

「もう一度ぼくを拒絶するためか？」

「違うわ、わたしは――」

「そんな手間をかける必要はないさ」レイフは断固としてヘイゼルを押しのけた。「ぼくがいましたいのは、シャワーを浴びて着替えをすることだけだ。きみがこの結婚に何を望んでいるかはもうはっきりわかった。ぼくもそれでいいと思っている」

「ああ、レイフ、やめて――」

「ここで待っていろ、ヘイゼル」レイフの声は冷たかった。「一緒に階下《した》に下りて客を迎えるんだ」

五分とかからずに部屋に戻ってきたレイフは、ヘイゼルの存在など気にもとめていないようすでバスローブを脱ぎ捨て、茶色のシャツとクリーム色のスーツに着替えはじめた。

シャツの裾をズボンのなかにたくしいれながら、レイフが言った。「そういえば、今日シーリアから電話があった」

驚きにヘイゼルの眉が上がった。「ほんとう？」

レイフの唇に皮肉な笑みが浮かんだ。「きっと金がなくなったんだろう」

ヘイゼルがレイフの立場でも同じことを言っただ

ろう。彼女は黙って話の続きを待った。

「シーリアの性格も欲深さも、ぼくはよくわかっている」レイフはそっけない口調で言った。「ぼくたちふたりに悪いことをしたと謝っていたよ」

「まあ」

「口先だけの謝罪だということはわかっている。あのときと同じ状況になったら、きっとまた同じことを言うさ」

「いまシーリアはどこにいるの？」

「ロンドンで部屋を借りているそうだ。あいつには、ここで暮らすよりそのほうが合っているかもしれない」そのとき、呼び鈴の音が屋敷じゅうに響きわたった。「最初の客の到着だ」レイフは上着に袖を通した。

「最初の客？　いったい何人来るの？」

「ほんの十二、三人だ」

「ほんのって……」

「うろたえる必要はない」レイフは厳しい声で言い、ヘイゼルの肘をとって部屋の外へ連れだした。「きみの知っている人ばかりだ」

「知っている人？」

「そうだ。さあ、笑って。客たちには、ぼくたちが寝不足の顔をしているのは、新婚夫婦の情熱のせいだと思わせておきたい」レイフの唇が苦い笑いにゆがんだ。「ほんとうは、欲求不満のせいだが」

「レイフ――」

「いまはやめろ、ヘイゼル。みんなに笑顔を見せるんだ」

ヘイゼルは顔にほほえみを張りつけて、レイフが客間のドアを開けるのを待った。作りもののほほえみは、トリーシャと彼女の両親の姿を見たとたん、ほんとうの喜びのほほえみに変わった。トリーシャの背後には、マーク・ローガンが寄りそうように立っていた。

「どうして来るのはトリーシャたちだって、教えてくれなかったの?」ヘイゼルは低い声できいた。

「ぼくがきみの誕生日を忘れているときみに思わせておきたかったからだ。きみのせいでぼくが味わっている不安の一部だけでも、きみに味わわせてやりたかったんだ。客はもっと来るが、これはきみの誕生日パーティだ」

「ああ、レイフ!」ヘイゼルの目に涙が浮かんだ。

「行って、客に挨拶するんだ、ヘイゼル」

夜は喜びのうちにすぎていった。ヘイゼルのただひとつの不満は、レイフの心のなかがよくわからないことだった。レイフはヘイゼルの友人たちを相手にすばらしい主人役を務め、誰にも夫婦のあいだの緊張を気づかせることはなかった。

食事が終わると、レイフは華やかに包装された包みをヘイゼルに差しだした。入っていたのは、金のブレスレットだった。おかげで、ヘイゼルからレイフにキスする絶好の機会が訪れた。だが、キスが終わると、レイフはさっと彼女から離れてしまった。

パーティが終わったとき、ヘイゼルは疲れていたが幸せな気分だった。客も帰り、屋敷はすっかり静かになった。そのとき、電話のベルがヘイゼルを驚かせた。「こんな時間に誰かしら?」

レイフが肩をすくめた。「ぼくが出る」

すぐにジャニーンという名前が聞こえて、ヘイゼルの体が凍りついた。なぜこんな時間に電話してきたの? 彼女は礼儀というものを知らないの? 今日レイフは一日じゅう家にいたから、あの女には会っていない。きっと彼女はその理由を知りたがっているのだ。

ヘイゼルはいまの状況を変えたいとレイフに切りだすつもりだったが、その計画は完全に崩れ去った。彼女は黙って屋敷を出ると、危険な岩場の階段を通って丸太小屋に向かった。明日はレイフが愛人のところへ行くと知りつつ、今夜彼と同じベッドですごすことはできなかった。

足が滑り、片方の靴の踵《かかと》がとれた。ヘイゼルは口のなかで悪態をつき、あとは半分片足で跳ねるようにして道をたどった。暖かな夜で、崖を下りきるころにはすっかり体がほてり、汗ばんで、ドレスの生地が背中に張りついていた。

ヘイゼルはためらうことなくドレスを脱ぎ捨て、裸で海に入った。水の冷たさが、ヘイゼルを爽快な気分にしてくれた。

月が明るくあたりを照らし、何キロも先まで見わたすことができた。周囲の崖を支配するようにそびえ立っているのはサヴェッジ館だ。同じように、レイフもヘイゼルを支配している。そう考えたとたん、力強いストロークでこちらに泳いでくるレイフの姿が目に入った。ああ、どうしたらいいの!

一瞬ヘイゼルは本能的に反対方向に泳ぎだそうとした。だが、それでは沖に出てしまうだけだ。ここにとどまって彼と対決するしかない。

レイフはすぐに彼女のもとに泳ぎついた。「いったい何をしている?」怒りに満ちた声だった。

「見ればわかるでしょう」

「この場所でひとりで泳ぐなんて自殺行為だぞ!」

「大丈夫よ、わたしは――」

「大丈夫じゃない! すぐ岸に戻れ。話がある」

「あの……それは……だめよ、ここで話しましょう」

「ばかばかしい。服を着ていないことを気にしているなら、その必要はない。ぼくも同じだ。さあ、岸に戻れ。そろそろ結婚生活について話しあいをするべきときだ」陰鬱な声で、彼はそうつけくわえた。

ヘイゼルの心が沈んだ。彼は、ふたりに不幸せしかもたらさない結婚生活を終わりにしようとしている。

水から出ると、月明かりのなかにレイフのたくましい体が浮かんだ。彼が先に立ち、ヘイゼルは後ろについていった。

丸太小屋に入ると、ヘイゼルはすぐベッドの上掛けの下に身を隠し、レイフはズボンをはいた。明かりは、部屋の隅におかれたろうそくの火だけだった。もし結婚生活を終わりにしようと言われても、ヘイゼルは素直に応じることなどできそうになかった。

「またあの岩場の階段を通ったな」レイフが噛《か》みつくように言った。「あそこは危ないと何度も言ったのに、きみは耳を貸そうとしない。きみの靴の踵を見つけたときは、崖の下にきみの体が転がっているんじゃないかと思ったよ」

「予想がはずれてがっかりした？」

レイフの呼吸が荒くなった。「なぜきみは、ぼくがきみを傷つけようとしていると思うんだ？　そんなふうに思わせることをしたおぼえはないぞ」

「この数日――」

「それはべつだ」いらだたしげに、レイフがさえぎった。「この数日間は、きみだけじゃなく、誰でも手当たりしだいに殺してやりたい気分だった」

「ジャニーン・クラークも？」

彼の青い目が細くなった。「どういう意味だ？」

「あなたの愛人も殺したい気分だったのかどうかってこと」

レイフの顔に驚きが浮かんだ。「ぼくの、なんだって？」

「わからないふりをする必要はないわ、レイフ。あなたがしょっちゅう彼女の家に行っているのはわかっているのよ」

「なぜそんなことがわかる？」

「彼女がつけている香水のにおいをさせたまま、わたしたちのベッドに入ってくるからよ！　そのくせ、わたしがあなたに体を許すと思ってる！」

「ちょっと待て」レイフが彼女を止めた。「きみは、ぼくがジャニーンと寝たあと家に帰って、きみとも同じことをしようとしていると思っているのか？」

「そうよ！」

「きみはぼくを獣みたいに思っているのか？」

ヘイゼルは頭が混乱した。「わたしは……」

「獣とは思っていない？　それじゃ、なんだ？　セックスマシーンか？　ジャニーンはたしかに魅力的かもしれないが、彼女とベッドをともにしたことは一度もない。もし彼女と寝ていたら、ここ数日ぼくがこんな気分ですごしたと思うか？」

「でも、わたしは……あなたが……」

「ぼくが欲しいのはきみだ！　それはきみもよく知っているはずだ。なのに、なぜぼくがほかの女を抱くと思うんだ？　ほかの女を抱いて慰めが得られるならそうするさ。だが、ぼくが欲しいのはきみなんだ。この三年間ずっと」

「三年間……？」

レイフがうなずいた。その目には苦悩が浮かんでいた。「きみがアメリカに行ってから、ぼくはほかの女に指一本ふれなかった。そして、やっときみと結婚したのに、きみにもふれることができない」

「いま抱けばいいわ。あなたを止める人は誰もいない」ヘイゼルは静かに言った。

「いや、いる。ふたつの茶色の目がぼくをなじるだろう。きみの目だ」

「レイフ、あなたはわたしを愛してるの？」ヘイゼルのなかにすばらしい確信が生まれていた――彼は、たしかにわたしを愛している。

「膝をついて愛の告白をしてほしいのか？」

「違うわ。わたしは……」

「なんでもするさ」レイフがうめくように言った。「それできみがぼくを愛してくれるなら。だが、どうせ時間のむだだ」

「あなたはわたしを愛しているの？」ヘイゼルはどうしても答えが聞きたかった。

「愛しているとも。そうさ、愛している！　きみが十五歳だったころから、ずっと愛している」

ヘイゼルは目を丸くした。「十五のときから？」

「そうだ。そのときから、ぼくは地獄の苦しみを味わいつづけてきたんだ」

「でも、あなたはわたしを追いだしたわ。あのことがあったあと……」

レイフの目に激しい感情が燃えあがった。「当然だろう！　あのときぼくはすでに三十六歳だった。きみの二倍も年をとっていたんだから、自分を抑えるべきだったんだ」彼はため息をもらした。「だが、抑えられなかった。ぼくはきみを抱いた。きみの体に溺れた。そして、地獄の日々はさらに悲惨なものになった。きみは初めてだったのに、驚くほど魅惑的にぼくの愛撫《あいぶ》に応えてくれた。それで、ぼくの愛はますます深いものになった。だからこそ、ぼくはきみを遠くにやったんだ」

「でも……でも、どうして？」

「ぼくがきみの若さにふさわしい男ではないからだ。ぼくは、男性としてきみから最高の贈り物をもらった。それ以上を望むことはできなかったんだ」

「レイフ、わたしは自分の意志で、わたしのいちばん大事なものをあなたにあげたのよ」

「どういう意味だ？」

「あまりにも長いあいだ、わたしにとって、あなたは太陽であり、月であり、星だった。だから、あのときわたしは、わたしがあなたを愛してるってことを、とっくにあなたは知っていると思っていたの。あなたの口から愛してるという言葉が出なかったことに気づいたのは、翌日になってからだった。体を許しあったのに、それはあなたにとってなんの意味もないことだった。そう思ったら、死んでしまいたい気持ちになったわ」

レイフは一歩ヘイゼルに近づきかけたが、すぐに足を止めた。「いまは、どんな気持ちなんだ？」

答えの代わりに、ヘイゼルはベッドから出てまっすぐレイフに歩みよった。真っ赤になったレイフの顔から、一度も視線をそらさずに。彼女はゆっくりとレイフの唇にキスをした。自分の裸が彼の体にどんな変化をもたらしているか、痛いほど意識しながら。「いますぐ、あなたに抱かれたい気持ちよ。三年前のように愛しあいたいの」

震えるレイフの手がヘイゼルにふれた。「二、三回キスしたあとで、ぼくを拒絶する気じゃないだろうね？　今夜は、自分を抑える自信がない」

「二度と拒絶なんかしないわ。わたしはあなたを愛しているの、レイフ。これからは、何もかもあなたと分かちあいたい」

「ああ、ヘイゼル」レイフはヘイゼルを抱きあげてベッドに向かった。「二度ときみを放さない。絶対に！」

レイフの唇が彼女の唇をおおい、両手が彼女の肌を這《は》った。

すっかり満ちたりて、ヘイゼルは彼の肩に頭を乗せ、その腕のなかで身を丸めた。三年前と同じ、いや、それ以上にすばらしい愛の行為だった。

「レイフ、三年前ここで一夜をすごしたときのことを、どうしてシーリアに話したの？」それはずっとヘイゼルを悩ませていた疑問だった。以前からヘイゼルを愛していたというレイフの告白とあわせて考えれば、なおさら奇妙だ。ふたりですごした夜のことを他人に話すなんて、恋をしている男の行為とは思えない。

レイフが顔をしかめた。「いや、ぼくは話していない。きみが話したんだと思っていた」

ヘイゼルは笑った。「シーリアとわたしは、大事な秘密を打ち明けるほど仲がよくなかったわ」

「それじゃ、どうして……？　そうか。わかったぞ。事故のあとしばらく意識が混濁していたとき、ぼくの頭のなかはきみでいっぱいだった。シーリアはずっとぼくにつきそっていたから、そのときぼくが口走ったうわごとを聞いたんだろう。意識してぼくがシーリアに話したことは断じてない」

ヘイゼルの口から安堵《あんど》の笑みがもれた。

「ねえ、前からわたしを愛していたのなら、わたしがアメリカから戻ったとき、どうしてあんなに冷たい態度をとったの？」

レイフは悔しそうに傷跡にふれた。「これのせいだ。シーリアの言ったとおり、傷跡だらけの体になってしまったからだ」

「違うわ」ヘイゼルの声は激しかった。「傷跡なんて、わたしにはどうでもいいの。ただ、あなたが毎日傷跡が痛むと言ったから……いまも痛い？」

「いや」レイフはヘイゼルをしっかりと抱きよせた。「痛みを感じたのは、このせいできみがぼくから離れていくと思ったからだ」

「まさか！　それに、腰だって、あなたさえその気になれば手術できるのよ。手術すべきよ」

「なぜ？」

「お医者様がそう言ったから。それに、子供と遊びたければ、手術しなくちゃだめよ。子供はサッカーとかテニスをしたがるんだから」

レイフの目が大きくなった。「子供？」

「だって、いずれ子供が生まれるでしょう？　わたし、ずっとあなたの子供が欲しくてしかたがなかったのよ」

レイフの腕にさらに力がこもった。「一緒にベッドにいるところをサラに見つかってよかったよ。ぼくはきみが欲しくてたまらなかったが、結婚せずにきみを抱くことはできなかった。きみがジョシュ・リチャードソンの子供を妊娠しているかもしれないと言ったとき、ぼくはきみを絞め殺してやろうかと思った。ほかの男がきみの体にふれたと思うと、たまらなく苦しかった。だから、きみと結婚できるチャンスに飛びついたんだ」

「あなた以外の誰とも深いつきあいはなかったって言ったのに、信じていなかったの？」

「きみがそう言うなら、きっとそうなんだろう。だが、それなら、なぜ……」レイフの言葉がとぎれた。

「なんなの、レイフ。ちゃんと言って」

「ぼくが事故にあったとき、きみは帰ってこなかった」レイフの声が震えて、ヘイゼルは彼の心がいまも深く傷ついていることを思い知った。「きみが来なかったとき、ぼくは死んでしまいたいと願った。だが、結局生きのびて、きみを軽蔑し、恨んだ」

これで彼が怪我《けが》の後遺症と闘おうとしなかった理由がわかった。ヘイゼルは彼のゆがめた顔を優しく撫でた。「わたしが来なかったのは、事故のことを何も知らなかったからよ。もし知っていたら、何をおいても飛んできたわ。信じてちょうだい。シーリアがわざと知らせなかったの。先週の日曜日、わたしには知る権利なんてないから知らせなかったって、彼女が認めたわ」

レイフがざらついた笑い声をあげた。「きみに知る権利がない、だと！　シーリアはぼくがきみを愛していることを知っていた。そばにいてほしいと望んでいることも知っていた。それなのに、わざとぼくの心の平安を奪ったというのか」

「シーリアはシーリアなりに、最善だと思うことをしたのよ」幸せの絶頂で、ヘイゼルは寛大な気持ちになっていた。

「誰にとっての最善だ？　ぼくじゃないことは確かだ。何も知らずに帰ってきて、ぼくを見たとき、きみはきっとショックを受けただろう」

「全然ショックじゃなかったわ。傷跡のことなんて、まるで気にならない。あなたが勝手にそう思いこんでいるだけよ。前にろうそくを吹き消したのは、ただ恥ずかしかっただけなの。あなたの傷跡には関係なかったのよ。あなたに抱かれたかったけど、あまりにも長いあいだ離れていたから、少し戸惑っていたの」

レイフの喉から笑い声がもれた。「ついさっきは、ちっとも戸惑っているようには見えなかったな。羞恥心のかけらもないみたいだった」

ヘイゼルの顔が真っ赤に染まった。「それは、あなたがわたしを愛しているってわかったからよ。もうからかわないで!」

レイフがぎゅっと彼女を抱きしめた。「きみはほんとうにすてきだ」彼はささやいた。

「ねえ」唐突に、ヘイゼルはきいた。「あなたにとって、ジャニーン・クラークはどんな存在なの?」

「いい友人さ。それだけだよ」

「でも……すごく親密そうに見えるわ。今夜だって、電話をかけてきたでしょう」

「きみが外に出たのは、それが原因か?」

ヘイゼルはうなずいた。「あなたが彼女と会う約束をするのを聞いてるのがいやだったの」

「会う約束などしていない。ジャニーンはここ数日遠出をしていて、今日のサプライズパーティがうまくいったかどうか知りたがっていただけだ」

「でも、わたしが頭を打って寝ていた夜、あなたは朝になって彼女の家から戻ってきたでしょう。それに、彼女はあなたの傷跡を――全身の傷跡を見たって言ったじゃない」

「言っておくが、あの朝ぼくはジャニーンの家から戻ったんじゃない。ぼくはここにいたんだ。きみがアメリカに行ってから、ぼくはしょっちゅうここで時間をすごしていた。きみとの一夜を何度も思い返して気が変になりそうだった」

だから、この小屋は驚くほど荒れていなかったのだ。「傷跡のことは?」

「ジャニーンが傷跡を見たのは、ぼくが病院にいたときだ。治りかけの傷はできるだけ空気にさらしたほうがいいから、ぼくはほとんど何も身につけない状態で寝かされていたんだ」

「でも、彼女にキスしたじゃない……彼女の手に」

「プールサイドでのことか。あれは心からの感謝のしるしだ。ジャニーンは人の話を聞くのがうまいんだ。あのときも、ぼくがどんなにきみを愛しているか、もう何度も聞いた話をまた聞いてくれたんだ」

「つまり、わたしはむだに椅子に足を引っかけて転んだというわけ?」

憤慨するヘイゼルを見て、レイフは笑った。「きみが転んだ理由があのキスなら、答えはイエスだ」

ヘイゼルはレイフの腕で身を丸めた。「あなたと彼女が恋人じゃなくてよかったわ。わたし、ジャニーンが好きなの」

「よかった。彼女はいい人だよ」レイフが少し体を起こしてヘイゼルの顔を上からのぞきこんだ。「そろそろ他人の話はやめて、ぼくたちの話をしよう。ハネムーンはどこへ行きたい?」

「ここはどう?」

「ここ? だけど……」

「ここは完璧よ。ねえ、お願い、レイフ! ここならふたりきりですごせるわ。泳いで、日光浴をして、愛しあうの」ヘイゼルの声が欲望にかすれた。

「きみがそう言うと、すごく魅力的に聞こえるな」

「きっとすてきよ」ヘイゼルは誘いかけるように唇を差しだした。「いますぐ始めましょう」

十八歳の別れ
2014年1月20日発行

著　者　キャロル・モーティマー
訳　者　山本翔子（やまもと　しょうこ）

発行人　立山昭彦
発行所　株式会社ハーレクイン
東京都千代田区外神田 3-16-8
電話 03-5295-8091（営業）
0570-008091（読者サービス係）

印刷・製本　大日本印刷株式会社
東京都新宿区市谷加賀町 1-1-1

編集協力　株式会社遊牧社

ISBN978-4-596-12930-7 C0297